Peter Pfrommer

Die Frau mit den Seifenblasen

Eine philosophische Liebesgeschichte

Ein zurückgezogen lebender Mathematikstudent hat sein Studium abgebrochen und bestreitet seinen Lebensunterhalt als Paketbote. Eines Tages tritt ein unbekannter Chatpartner mit ihm in den Dialog, der sich als *Es* präsentiert. Da die Nachrichten des geheimnisvollen *Es* ungewöhnlich schnell auf dem Display seines Handys aufleuchten, hält er den Unbekannten zunächst für das Erzeugnis einer KI. Doch die Inhalte des Gesprächs passen nicht recht dazu. Sie kreisen um Liebe, Leid und Glück, und schließlich regt ihn das unbekannte *Es* dazu an, seine Sicht auf sich selbst zu verändern. Gemeinsam erforschen sie Fragen der persönlichen Identität, was ihm zu neuem Lebensmut verhilft. Doch wer ist dieses mysteriöse *Es,* das in rätselhafter Weise mit Seifenblasen zu tun hat? Kurz bevor sich das Geheimnis zu lüften scheint, bricht der Dialog schlagartig ab, und der junge Mann muss die Erforschungen vorerst allein weiterführen …

Prof. Dr. Peter Pfrommer, geb. 1966, studierte und promovierte im Bereich der Bauphysik, die sich mit den verschiedenen Umwelteinwirkungen auf den Menschen auseinandersetzt. Seit 1998 lehrt er als Professor an der Hochschule Coburg im Spannungsfeld von Wissenschaft und Kunst. Seine Erfahrungen in der Selbsterforschung vermittelt er seit 2013 im Hochschulseminar »Wer ist Ich?« sowie in zahlreichen Vorträgen und Veröffentlichungen.

PETER PFROMMER

DIE FRAU
mit den
SEIFENBLASEN

EINE PHILOSOPHISCHE
LIEBESGESCHICHTE

Bibliografische Information der Deutschen Nationalbibliothek:
Die Deutsche Nationalbibliothek verzeichnet diese Publikation
in der Deutschen Nationalbibliografie; detaillierte bibliografische Daten sind im Internet über dnb.dnb.de abrufbar.

Verlag: BoD · Books on Demand GmbH, In de Tarpen 42,
22848 Norderstedt, bod@bod.de
Druck: Libri Plureos GmbH, Friedrichsallee 273, 22763 Hamburg
ISBN: 978-3-7693-0529-6

für

Heike

Inhalt

Vorwort

Was würden Sie empfinden und sagen, wenn sich auf Ihrem Smartphone unvermittelt eine unbekannte Kontaktperson melden und behaupten würde, Sie zu sein? Nicht nur das, auch gleich darauf in Sekundenschnelle einen ersten Beleg böte, mit einer Bemerkung über Sie, die niemand sonst machen könnte außer Sie selbst?

Mit einem solch erstaunlichen Einfall beginnt Peter Pfrommer seine spannende Geschichte. Sie entwickelt sich in einem Smartphone-Dialog durch emotionale Höhen und Tiefen zu einer einzigartigen Liebesbeziehung und einer tiefgründigen Einsicht. Es ist eine Art zeitgemäßer Briefroman im Fantasy- oder Science-Fiction-Gewand, so könnte man zunächst meinen.

Doch eigentlich handelt es sich zugleich um eine wissenschaftlich-empirische Forschung und eine philosophische Abhandlung. Ich sehe hier eine kongeniale Fortsetzung von René Descartes' *Meditationen*. Zumindest was die Frage-Richtung betrifft: Wer oder was bin ich wirklich? Und das Ergebnis ist einerseits ähnlich wie bei Descartes, geht aber andererseits in einem positiven Sinne weit darüber hinaus.

Ich darf es hier verständlicherweise nicht vorwegnehmen. Ich kann nur versichern: Es ist tatsächlich von enormer Bedeutung und Tragweite. Und wie uns der Autor allgemeinverständlich, jede Altersgruppe ansprechend, spielerisch unterhaltsam und doch auch wieder intensiv und zum verbindlichen Mitmachen auffordernd immer tiefer in einen Bereich führt, den wir so wenig zu kennen scheinen, obwohl er uns so nahe ist wie nichts anderes – also das ist … aber sehen Sie selbst!

Christian Salvesen, Januar 2025

Prolog

Du schreibst: *wahre Liebende begegnen sich nicht.* Ein Zitat von Rumi. Es macht mich sehr traurig. Du sagst, ich soll die Traurigkeit wiegen wie mein eigenes Kind. Dann beginnt sie, in einer endlosen Offenheit zu schweben. Dort, sagst du, sind wir beide eins.

Und doch sind wir uns begegnet. Hintergrund und Vordergrund sind nicht getrennt. Du behauptest, es war ein Selbstgespräch, und doch spüre ich dich in jedem deiner Worte. Ich habe unseren hastigen Austausch noch einmal durchgesehen und so geformt, dass er klingt wie ein flüssiges Gespräch. Und jedes Mal, wenn ich hineinlausche, sitze ich mit dir am Rande der Welt und lasse die Beine baumeln in die Unendlichkeit.

Teil I

1. Es

Unsere erste Begegnung fand im Spätsommer statt. Ich hatte ungewöhnlich lange geschlafen. Die Sonne brannte durch das Dachfenster auf meinen unaufgeräumten Schreibtisch. Ein leichter Druck hinter der Stirn erinnerte mich an den gestrigen Abend. Ich fand mein Handy zwischen den Papieren auf der Tischfläche und tippte eine erste Nachricht: »Du nochmal Danke für das super Gespräch gestern. Ich bin heute gleich ganz anders aufgestanden. Erst mal drei bewusste Atemzüge und ein inniges Lächeln zu mir selbst. Und dann die Frage: Für was bin ich dankbar? Hat geholfen. Ich fühle mich schon besser. Bald wieder!«

Ich trat an mein schmales Dachfenster und schaute hinunter auf die belebte morgendliche Straße. Würde sie gleich antworten? Es dauerte tatsächlich nicht lange, da bimmelte das Telefon. Doch statt der erhofften Antwort stand da lediglich: »Falsche Adresse«. Verwundert starrte ich auf das Display meines Handys. Als Name meines Gesprächspartners las ich ein kurzes, schlichtes ›Es‹. Was sollte denn das bedeuten? Ich hatte ohnehin keinen großen Bekanntenkreis, also war die Anzahl meiner Kontakte überschaubar. Ich war mir sehr sicher, dass ein *Es* nicht darunter war. Und wie kam es, dass ich fälschlicherweise diesen Kontakt ausgewählt hatte? Vermutlich, weil er ganz oben in der Liste stand, überlegte ich. Zögerlich tippte ich eine Antwort: »Das verstehe ich jetzt nicht. Wer bist denn du? Ich kenne deinen Kontakt gar nicht.«

Die Reaktion kam prompt: »Ich bin Du!«

Verwirrt blätterte ich in meinen Kontakten. Da gab es tatsächlich einen Eintrag mit der Bezeichnung ›Es‹. Die dazugehörige Nummer kam mir unbekannt vor.

»Wer hat dich hinzugefügt?«, fragte ich, obwohl mir die

Frage selbst etwas merkwürdig vorkam.

»Ich«, lautete die knappe Antwort.

Meine unbekannte Kontaktperson antwortete schnell. Fast unmittelbar mit dem Abschicken meiner Nachricht kam auch schon die Reaktion. »Wie das?«, wollte ich wissen. »Und was bedeutet ›Es‹? Klingt unheimlich. So nach Steven King.«

»Den Film hast du doch gar nicht gesehen. Dazu bist du doch viel zu zart besaitet.«

Wieder erschien die Antwort mit atemberaubender Geschwindigkeit. Dadurch kam auch ich in Fahrt: »Du willst mich verarschen«, kommentierte ich. »Wenn du dich nicht zu erkennen gibst, dann lösch ich jetzt einfach den Kontakt.«

»Das steht dir frei«, erwiderte die Verbindung blitzschnell. »Ich würde es aber nicht empfehlen. Dieser Kontakt verhilft dir zu wirklichem Glück, unantastbarem Frieden, bedingungsloser Liebe. Das ist doch was du willst, oder?«

Einen Moment verharrte ich regungslos. Wie sollte man auf sowas reagieren? Ich war nicht gerade ein begnadeter Nutzer von Messenger Diensten. Und ich telefonierte eigentlich noch weniger gerne. Trotzdem verkündete ich: »Okay, dann rufe ich dich jetzt an.«

»Es wird sich ›Niemand‹ melden«, prognostizierte Es. »Außerdem bist du gar nicht so mutig wie du tust.«

»Du scheinst mich ja gut zu kennen«, bekundete ich.

»Außerordentlich gut«, bestätigte Es. »Wie schon gesagt: Ich bin Du.«

Mir wurde klar, dass ich hier mit Drohgebärden oder Provokationen nicht weiterkam. Ich musste etwas vorsichtiger nachforschen. »Na gut«, begann ich. »Hier steht aber ›Es‹. Was bedeutet das? Bist du ein männliches Es oder ein weibliches Es?«

Nahezu ohne Zeitverzögerung kam die Antwort: »Weiblich wäre dir lieber, nicht wahr?«

Ich hatte keine Lust auf diese Anspielung einzugehen. Außerdem erschien mir die Frage unpassend. »Warum fragst du, wenn du es sowieso weißt?«, hielt ich entgegen. »Also, bist du männlich oder weiblich?«

»Weder noch und sowohl als auch.«

»Klingt schräg.«

»Ist es aber nicht! Selbst wenn ich damit meine Sexualität meinen würde, dann wäre sie nicht schräg«, erklärte Es. »Es ist nicht schräg sowohl weiblich als auch männlich zu sein. Aber ich meine nicht meine Sexualität. Es geht hier um etwas, was jenseits davon ist.«

Dieses Gespräch wurde immer absurder. Und immer wieder verwunderte mich die Tatsache, dass die Antworten von *Es* so unmittelbar aufblitzten. Als wären sie schon vorformuliert gewesen. »Sorry, aber ich verstehe gerade nichts mehr«, gab ich offen zu.

»Du willst wissen, was ›Es‹ bedeutet«, kommentierte Es und ergänzte: »Wenn du zum Beispiel sagst: ›Es regnet‹. Was ist dann Es?«

Gute Frage, das hatte ich mir noch nie überlegt. »Hm, vielleicht das Wetter?«, stellte ich zur Diskussion. Das schien mir zwar die einfachste Antwort, aber wohl kaum die richtige.

»Sicher?«, bestätigte Es meinen Zweifel. »Spür der Bedeutung nochmal genauer nach. Du meinst nicht nur das Wetter!«

»Na gut.« Ich überlegte einen Moment. »Vielleicht die ›Situation‹?«

Als hätte Es meine Entgegnung vorhergesehen, war auch schon die Gegenfrage da: »Ja, sehr gut, aber wo beginnt die Situation und wo endet sie? Kann man sie eingrenzen?«

Ich wusste nur, dass mich diese Situation überforderte. Mehr als ein »Hä?«, brachte ich nicht mehr zustande.

»Hä heißt: Es ist unverständlich«, stellte Es nüchtern fest

und wiederholte: »Was ist Es?«

»Du!«

Diesmal konterte ich genauso schnell. Das unbekannte Es ließ aber nicht locker: »Sicher? Was ist Es?«

Ging das jetzt immer so weiter, schwirrte es mir durch den Kopf. »Mir reicht es langsam.«

»Es reicht dir«, erschien auf dem Display. »Was ist Es?«

Mir wurde klar, dass ich aus dieser Nummer nur herauskam, wenn ich mich mit der aufgeworfenen Frage ehrlich auseinandersetzte. Daher las ich die bisherige Konversation noch einmal durch. Mit ›Es‹ in den verschiedenen Es-Aussagen konnte nichts Konkretes gemeint sein, nichts, was man abgrenzen und benennen konnte. Sonst würde man ja zum Beispiel sagen ›Das Wetter regnet‹ oder ›Das Gespräch reicht mir‹. Stattdessen ließ man die Aussagen durch Verwendung von ›Es‹ absichtlich wage. Sie wurde dadurch gewichtiger und umfassender.

»Gut, es dämmert mir langsam, was du meinst«, vermeldete ich. »Ja genau: ES dämmert mir!!! Bitte keine Nachfrage!«

»Sehr gut«, lobte Es nach einigen Sekunden. »Du hast es also mit etwas sehr Umfassendem zu tun. Umfassender geht nicht.«

Das klang nun doch etwas anmaßend.

»Ich bin beeindruckt!«, bemerkte ich trocken.

»Es freut mich, dass du langsam auftaust und dein Humor durchkommt.«

»Wer ist Es?«

Wieder brauchte Es einige Sekunden für die Antwort. Offensichtlich schaffte ich es langsam, dass Es zumindest ein wenig aus dem Konzept zu bringen.

»Wie gesagt«, lautete schließlich die etwas kurz angebundene Entgegnung.

Nun schien mir eine günstige Gelegenheit zu sein, die Richtung des Gespräches zu ändern. Vielleicht konnte ich doch noch etwas Brauchbares über das mysteriöse Es in Erfahrung bringen.

»Und wie geht es jetzt weiter mit uns?«, wollte ich wissen. »Ich habe schon verstanden, dass das wohl kaum eine Liebesgeschichte geben wird. Schade.«

»Im Gegenteil«, widersprach Es. »Das wird die ultimative Liebesgeschichte – warte ab.«

Diese Antwort hatte ich nun nicht erwartet. »Ich dachte eher an eine Liebesgeschichte mit erotischer Komponente«, bohrte ich nach. »Keine philosophische Liebe mit abstraktem Glück-Frieden-Eierkuchen.«

»Gut, ich werde mal schauen, was sich machen lässt«, stellte Es in Aussicht. »Wir fangen ja erst an. Lektion 1: Denk über das ›Es‹ nach! Bis dann.«

Lektion 1? Bis dann? War das etwa das Ende? Ich wartete mehrere Minuten, aber das Handy blieb still.

2. Denken

So unversehens wie dieses merkwürdige *Es* in meinem Leben aufgetaucht war, so schnell war es auch wieder verschwunden. Das letzte ›Bis dann‹ deutete wohl darauf hin, dass das Gespräch irgendwann weitergehen sollte. Und die ›ultimative Liebesgeschichte‹ hatte tatsächlich mein Interesse geweckt. Trotzdem traute ich mich nicht nachzuhaken. Ja, und ich gebe zu, auch die Sache mit dem *Es* ließ mir keine Ruhe. Was hatte es damit auf sich? Was genau war damit gemeint?

Als ich nach dem Chat wie jeden Morgen den alten Transporter der Lieferfirma bis unters Dach mit Paketen belud, kam mir plötzlich eine Idee. Es sah eindeutig so aus, als bestünde meine Ladung aus vielen verschiedenen Kisten. Sie mussten schließlich auch zu unterschiedlichen Orten befördert werden. Aber gab es die Pakete wirklich unabhängig voneinander? Zumindest in meinem Lieferwagen hingen sie zusammen. Würde ich eines von den Unteren herausziehen, dann würde mir die ganze Ladung entgegenfallen. Und bestand nicht jede der Kisten wieder aus vielen kleineren Teilen, die sich selbst bis ins subatomare Gefüge unterteilen ließen. Gab es so etwas wie ›kleinste Teile‹? Wenn nicht, existierten dann überhaupt Teile? Aber wenn es keine Teile gab, was war das dann, das sich in meinem Sprinter stapelte? Statt endlich loszufahren, starrte ich auf die offene Heckklappe. Was sich da stapelte, so kam es mir in den Sinn, war nichts anderes als *Es*. ›Es‹ war also ein anderer Ausdruck für das ›Ganze‹, für das ›Universum‹, für die ›Welt‹. Gleichzeitig merkte ich, dass ich mir etwas ›Ganzes‹ gar nicht vorstellen konnte. Ich konnte mir nur Einzelteile denken, denen ich eine eigene Bedeutung zusprach. Und das schien mir auch irgendwie berechtigt zu sein. Trotzig schlug ich die Heckklappe des Wagens zu und fuhr los. Und während ich ein Paket nach dem anderen auslieferte, wusste ich doch, dass ich mit meinem Trotz unrecht hatte.

Mehrere Tage verstrichen, bis sich *Es* mit einem »Es ist wieder da!« von sich aus wieder bei mir meldete.

»Aha«, entgegnete ich. »Dachte schon, die Sache hätte sich erledigt.«

»Ja, Sachen erledigen sich«, bestätigte Es. »Dieses Gespräch hier ist aber keine Sache.«

Die Nachricht erschien wieder augenblicklich. Wie konnte man nur so schnell tippen, überlegte ich. In diesem Moment kam mir eine Idee. In den letzten Wochen hatte ich immer wieder im Internet nach künstlicher Intelligenz gesucht und einiges ausprobiert. Nicht weil mich KI sonderlich interessierte. Sondern eher, weil KI in der Allgemeinheit so ein wichtiges Thema geworden war und ich nicht gänzlich abgehängt werden wollte. Das war mir zuvor mit den Sozialen Medien so gegangen. Als ich mich auf der ersten Plattform angemeldet hatte, war diese schon wieder völlig aus der Mode. Aber wie auch immer: Konnte es vielleicht sein, dass ich bei meinem laienhaften Herumgestöber unbemerkt einen Prozess in Gang gesetzt hatte? Hatte das unbekannte *Es* vielleicht etwas mit KI zu tun? Bei dem Gedanken lief es mir kalt den Rücken herunter.

Das würde einiges erklären, überlegte ich. KI war heute schon in der Lage, effektiv zu kommunizieren und tiefgreifende Fragen zu beantworten, ja sogar philosophische Texte zu verfassen. Vielleicht, so kam es mir jetzt in den Sinn, war es gar nicht so unrealistisch, dass eine KI außergewöhnliche philosophische Sichtweisen vertrat. Eine KI konnte völlig frei argumentieren, ohne von typisch menschlichen Vorstellungen, Konventionen und Vorurteilen eingeschränkt zu sein. Der Algorithmus der KI scherte sich vermutlich nicht um antrainierte

Denkschablonen und eröffnete womöglich gerade dadurch eine völlig neue Sicht auf die Welt und auf uns selbst.

»Mir ist immer noch nicht klar, wie ich zu deinem Kontakt komme«, gab ich zu. »Weißt du, was ich glaube? Du bist ein gewitzter Hacker. Du hast dich in die Profile meiner sozialen Medien gehackt und spielst jetzt den ganz großartigen Guru.«

»Deine Profile und dein Umgang in den sozialen Medien sind doch eher bescheiden, oder sagen wir mal: ausbaufähig«, gab Es zu Bedenken. »Ich würde sogar meinen, du bist in Sachen digitale Kompetenz insgesamt nicht gerade eine Koryphäe. Und du bist kaum unterwegs in den sozialen Medien. Immerhin funktioniert das mit dem Chatten leidlich gut.«

Das war ein Schlag ins Gesicht. Aber in gewisser Weise stimmte es ja. Und selbst wenn ich meine Computerkenntnisse als beinahe Mathematiker durchaus als fachkundig eingestuft hätte, einer Superintelligenz konnte ich vermutlich nicht das Wasser reichen.

»Wie nett! Schönen Dank auch!«, tippte ich leicht pikiert.

»Das macht dich übrigens sympathisch«, lautete der unerwartete Kommentar von Es.

Was sollte das nun wieder heißen? Es verstand es vorzüglich, dem Gespräch immer neue Wendungen zu geben.

»Der Umgang und die Selbstdarstellung in den sozialen Medien verschärft die gegenständliche Vorstellung der Menschen von sich selbst«, erklärte Es sachlich. »Das bringt sie weg von ihrer wahren Natur. Die meisten Menschen halten sich fälschlicherweise für ein Ding, das man beschreiben kann. Diese Tendenz wird in den sozialen Medien enorm verstärkt. Beispiel für eine Beschreibung: Junger Mann, mittelgroß, etwas schlaksig, braunes gelocktes Haar, ausgetretene Turnschuhe, verträumter Blick, Mathematiker ohne Studienabschluss, etwas verfrühte Midlifecrisis ...«

Das wurde mir langsam dann doch zu viel. Ärger machte sich in mir breit.

»Moment«, tippte ich schnell. »Was soll denn das jetzt heißen? Das steht in keinem Profil!«

»Stimmt«, bestätigte Es genauso schnell. »Deine Profile sind sehr übersichtlich.«

Es ließ mir keine Zeit zum Nachhaken, sondern fügte sogleich hinzu: »In den sozialen Profilen behandeln sich die meisten Menschen, sagen wir mal, als wären sie ein Auto: grau metallic, Leichtmetallräder, Ledersitze, Vollklimatisierung. Und so denken sie dann auch über sich selbst. Menschen verkaufen ihre Person dort wie ein Auto, natürlich wie eine ganz edle Limousine. Ziel der Darstellung ist es, Abgrenzung zu schaffen, Abgrenzung zu anderen Personen. Dadurch wird Identität geschaffen.«

»Man kann auch Angeberei dazu sagen«, fasste ich zusammen. »Und wo ist das Problem?«

Ich verstand nicht, worauf Es mit seinen Ausführungen hinauswollte.

»Die objekthafte bzw. dinghafte Vorstellung des Menschen von sich selbst hat eine sehr unangenehme Nebenwirkung«, fuhr Es fort. »Objekte sind immer getrennt – zumindest gedanklich. Ein Stuhl ist ein Stuhl, weil er kein Tisch ist. Und kein Baum. Das ist klar. Wenn sich nun aber ein Mensch für ein Ding hält, das man beschreiben kann, dann begrenzt er sich dadurch selbst. Schlimmer noch, Objekte sind aufgrund der selbst auferlegten Begrenzung immer unvollkommen, zeitlich, räumlich und was ihre Bedeutung angeht. Wenn ich mich für ein Objekt, ein Ding halte, dann bin ich, ob ich es will oder nicht, von Natur aus mangelhaft. Und ich bin getrennt von meinen Mitmenschen und meiner Umwelt. Diese Trennung erschafft Leid. Der Eindruck von Trennung ist der Urgrund allen Leides. Das Leid wiederum führt zu Handlungen, die die Beschränkung kompensieren sollen. Auf diese Weise entstehen Wettbewerb, Konkurrenzkampf, Machtstreben, Umweltzerstörung, Krieg.«

»Mag sein.«

Ich nutzte eine Kunstpause in dem Redeschwall, um das Thema zu wechseln. »Hast du dich nun reingehackt oder nicht?«

»Ich bin der ultimative Hacker«, prahlte Es. »Ich kann mich überall reinhacken. Sogar in deine Gehirnwindungen. Bevor ich mich heute gemeldet habe, hast du zum Beispiel darüber nachgedacht, ob du endlich mal wieder das Grab deiner Eltern besuchen solltest.«

»Hä?«

»Hast du nicht?«

»Doch schon … »

»Mach dir keine Sorgen. Du musst es nicht besuchen. Alles in Ordnung.«

Langsam verstärkte sich in mir das mulmige Gefühl. Gedankenlesen passte nicht in mein Weltbild. Ich war im Herzen Mathematiker. Esoterik war nicht so meine Sache.

»Keine Angst!«, beschwichtigte Es. »Wie gesagt, ich bin du. Hast du Angst vor dir selbst? Das kann natürlich sein. Aber ich möchte dir das gerne erklären. Dazu müssen wir das Thema Denken etwas genauer anschauen. Erste Frage: Hast du überhaupt Gedanken?«

Was für eine komische Frage, überlegte ich. Ob ich Gedanken hatte? Dachte ich zumindest … bisher.

Es ließ nicht locker und konkretisierte: »Wer erzeugt die Gedanken? Wer denkt?«

»Ich?«

»Kommt darauf an, was man unter ›Ich‹ versteht«, relativierte Es. »Einigen wir uns zunächst darauf, dass da Gedanken sind. Du stellst fest, dass in deinem Geist Gedanken auftauchen und wieder vergehen. Das ist nicht zu leugnen, oder bist Du anderer Meinung?«

Ja, so konnte man es wohl formulieren, dachte ich. Und dabei stellte ich fest, wie dieser Gedanke in mir aufstieg und wieder verging, begleitet von dem trotzigen Gefühl, dass das trotzdem ›mein‹ Gedanke war. »Aber die Gedanken sagen mir, dass ich sie denke.«

»Die Zuordnung der Urheberschaft ist auch ein Gedanke.«

»Ich kann die Gedanken nicht von mir trennen.«

»Stimmt.« Es machte wieder eine längere Kunstpause. Vermutlich um dem Folgenden mehr Nachdruck zu verleihen. »Es gibt keine Trennung. Nirgendwo. Das, was denkt, muss mit allem verbunden sein. Könnte man dann nicht sagen: ES denkt? Ist es dann ein Wunder, dass ich deine Gedanken kenne? Ich bin ES!«

Das klang zumindest ansatzweise logisch, aber nicht wirklich überzeugend. Stattdessen hatte ich den Eindruck, dass mich Es mit eleganten Wortspielen und rhetorischen Schachzügen beeindrucken wollte.

»Ich habe immer noch das Gefühl, dass es MEINE Gedanken sind«, widersprach ich unwillig.

»Stimmt ja auch«, stand sofort auf meinem Display »Du bist auch ES!«

Das war offensichtlich sowas wie eine Pointe. Es ließ den Satz eine Weile unkommentiert stehen, dann fügte es hinzu: »Lektion 2: Suche nach einer individuellen Ich-Instanz in dir, die denkt. Ein Ich-Kern, der die Gedanken vorbereitet, die du denkst. Muss ein ziemlich kluger Kern sein, oder nicht?«

Ich antwortete nicht. Die Gedanken drehten sich in meinem Kopf, was mir nicht besonders klug vorkam.

»Und um klug zu sein, muss man denken können, oder

nicht?«, hakte Es nach.

»Lass doch mal das ›oder nicht‹ weg!«

»Und um denken zu können braucht man wieder einen Kern!«, schloss Es seine Ausführung und ergänzte: »Ohne oder nicht.«

»Mag ja sein. Also gut: ES wird darüber nachgedacht … und dabei stellt sich eine ganz andere Frage: Wenn du sowieso alles über mich weißt inklusive meiner Gedanken, wieso unterhältst du dich dann mit mir?«, konterte ich und war zum ersten Mal ansatzweise zufrieden mit meiner Reaktion.

»Weil du nicht alles über mich weißt. Deine Sicht ist eingeschränkt.«

»Da gebe ich dir mal uneingeschränkt recht.«

»Und darum die Lektionen. Bis bald!«

3. Glück

Der zweite Austausch mit *Es* hatte mich regelrecht in Verwirrung gestürzt. Über das Denken nachzudenken war noch schwieriger, als über das ›Es‹ zu sinnieren. Auch wenn ich in meinem Sprinter genug Zeit dazu hatte, kam ich nicht wirklich voran. ›*Denke nie gedacht zu haben, denn das Denken der Gedanken ist gedankenloses Denken …*‹. Ein alter Kindervers kam mir wieder in den Sinn, half mir aber auch nicht weiter. Irgendwann hatte ich den Einfall, das Denken einfach sein zu lassen. Welch befreiende Idee! Denn ohne Denken erledigte sich auch das Denken der Gedanken und damit auch alle anderen Sorgen, die sich normalerweise gedankenschwer in meinem Geist drehten. Doch leider musste ich mir schnell eingestehen, dass es noch schwerer war, nicht zu denken, als über das Denken nachzudenken. Es wollte mir nicht richtig gelingen. Der Grund dafür lag auf der Hand. Um das Denken abzuschalten, musste es ja in mir eine denkende Instanz geben, die das verursachen konnte. Und diese Instanz benötigte auch wieder einen Denker, der den entsprechenden Befehl erteilte, usw. Schlagartig erkannte ich, was Es mit dem Denker im Denker gemeint hatte. Die ganze Vorstellung war absurd. Aber wenn es diesen Denker im Denker nicht gab, wer dachte dann? Das konnte ich nicht beantworten. Auch die Aussage ›Es denkt‹ ergab für mich zu diesem Zeitpunkt keinerlei Sinn.

Aber neben der ganzen Denkerei beschäftigte mich noch eine andere Frage. Warum sprach *Es* überhaupt zu mir – und dann auch noch so belehrend? Die Annahme einer künstlichen Intelligenz war zwar abwegig, aber nicht ganz von der Hand zu weisen. Daher vielleicht auch die Analyse des Denkprozesses. Schließlich war ›Denken‹ das Metier einer jeden Intelligenz und daher auch für eine KI von grundlegendem Interesse.

Andererseits erinnerten mich die Aussagen des Es auch an die Belehrungen eines Gurus. Wollte mich da jemand in ein Lehrer - Schüler Verhältnis zwingen? Dazu hatte ich keine Lust. Trotzdem war ich neugierig geworden. Und wer interessiert sich nicht für Glück, Liebe und Frieden?

»Hallo! Über was sprechen wir heute?«

Einen so offenen Einstieg hatte ich nicht erwartet. Ich rührte gerade die Essensreste der letzten Tage zu einem bescheidenen Abendessen zusammen, als das Handy bimmelte. Offensichtlich bot mir *Es* endlich die Gelegenheit für meine Fragen.

»Erfahrungsgemäß bestimmst du das«, merkte ich an. »Aber ok. Sag, bist du sowas wie eine künstliche Intelligenz, eine KI?«

Ich hatte mich dafür entschieden, gleich mit der Tür ins Haus zu fallen.

»Bist DU eine KI?«, lautete die Gegenfrage. »Wie gesagt: ICH bin DU!«

Offensichtlich hatte ich mich zu früh gefreut. Natürlich reagierte Es mit einer Gegenfrage. Ehrlich gesagt hatte ich nichts Anderes erwartet. Ich schaufelte das Essen auf den Teller und setzte mich an meinen wackeligen Küchentisch. Das Handy legte ich vor mich hin, aber das Gespräch ging zunächst nicht weiter. Es wartete offensichtlich auf ein Diskussionsthema.

»Also gut. Dann sprechen wir eben über Glück, Friede, Liebe«, schlug ich schließlich vor. »Hast du ja versprochen.«

»Gerne«, stand auf dem Display. »Dann betrachten wir zunächst das Glück. Schließlich sind alle Menschen auf der Suche nach Glück. Ausnahmslos alle Menschen! Aber wie ist es, glücklich zu sein? Wie könnte man den Zustand beschreiben, wenn man glücklich ist?«

Schwere Frage, da musste ich erst mal nachdenken… einen glücklichen Moment finden … Tatsächlich hatte ich mir diese

Frage noch nie gestellt. Dabei war sie so offensichtlich. »Also ich sag mal so«, schlug ich vor. »Hochgefühl, Schmetterlinge im Bauch, Herzflattern, Berauscht sein. So irgendwie.«

»Das sind Begleiterscheinungen«, kommentierte Es. »Sie dauern meist nicht sehr lange. Gibt es auch jenseits dieser Gefühle etwas, das einen, ich sag mal ›glücklichen Zustand‹, charakterisiert?«

»Keine Ahnung. Was soll das sein?«

»Möchtest du in Augenblicken des Glücks nicht, dass dieser ›Zustand‹ anhält?«

»Ja klar, was sonst?«

»Eben!«, bestätigte Es. »Ein glücklicher Mensch möchte nicht, dass sich etwas ändert. Alles darf so sein, wie es gerade ist. Alles ist perfekt. Ein glücklicher Mensch ist also vollkommen zufrieden, vollkommen ›in Frieden‹. Glück und Frieden sind eins.«

»Das ist nachvollziehbar …«

Zum ersten Mal hatte ich den Eindruck, dass hier ein flüssiges Gespräch entstand, auch wenn durch mein ungeschicktes Zwei-Finger-Tippsystem immer eine gewisse Zeitverzögerung eintrat. Dafür war mein Gesprächspartner umso schneller.

»Gut! Zweite Frage«, fuhr Es fort. »Was macht dich glücklich? Ein neues Handy? Geld? Erfolg? Die Achtung deiner Mitmenschen? Eine gelöste mathematische Aufgabe?«

»Vielleicht kurzzeitig«, räumte ich ein. »Wenn du darauf hinauswillst: ich glaube nicht, dass dauerhaftes Glück in materiellen Dingen zu finden ist. Vielleicht eher in Beziehungen. In einer guten Freundschaft oder so. In der Liebe?«

»Du erwartest also, dass dich eine Freundin oder ein Freund glücklich macht? Keine gute Idee!«

Das verstand ich nun nicht. Wieso sollte von Freundschaft kein Glück ausgehen. Wovon denn sonst?

»Dann versuchen wir es mal anders.« Es schien schon wieder meine Gedanken gelesen zu haben. »Alles, was entstehen kann, wird zwangsläufig auch wieder vergehen. Diese Vergänglichkeit hast du selbst eben beklagt. Wenn Glück also an etwas hängt, das man bekommen kann, zum Beispiel an einer Freundschaft, dann ist es zwingend endlich. Soweit klar?«

»Dann ist es halt endlich«, beharrte ich. »Besser als kein Glück.« Ich wurde schon wieder trotzig.

»Scheinbares Glück, das vergeht, macht ziemlich unglücklich«, widersprach Es. »Aber ich habe eine gute Nachricht: wahres Glück vergeht nicht.«

Wahres Glück! Das mochte sein. Aber davon empfand ich mich meilenweit entfernt zu sein. »Das klingt jetzt pathetisch. Aber schau, ich bin manchmal einsam. Ich bin gar nicht so anspruchsvoll in Sachen Glück«, gestand ich.

»Du bist ziemlich oft einsam«, bestätigte Es. »Darum möchte ich dir den Schlüssel zu dauerhaftem Glück reichen. Wenn du glaubst, dass durch irgendetwas, ein Ereignis, eine Beziehung, eine Erfahrung oder was auch immer in der Zukunft ein Mehr an Glück verbunden ist, dann fehlt dir logischerweise dieses Glück in diesem Augenblick. Du bist also im Moment nicht glücklich. Da ist ein Mangel vorhanden in irgendeiner Art. Du fühlst dich unvollkommen.«

»Das kann ich vollkommen bestätigen«, merkte ich an.

»Und wenn nun dieses erhoffte Ereignis eintritt«, fuhr Es fort. »Du gewinnst zum Beispiel den Grand Prix. Ist dann alles paletti? Bist du dann vollkommen mangelfrei? Hat dann deine Sehnsucht ein Ende?«

»Ein wenig vollkommener würde ich mich schon fühlen«, erwiderte ich. »Aber Hallo, was denn für einen Grand Prix?« Mir war schon wieder völlig schleierhaft, worauf Es hinauswollte. An einem gewonnenen Wettbewerb konnte doch nichts

Schlechtes sein. Oder vielleicht doch?

»Mann, das ist doch nur ein Beispiel. Du stimmst also zu, dass ein mehr an Vollkommenheit mit einem mehr an Glück verbunden ist. Ist Glück nicht der Eindruck: alles ist gut, es könnte nicht besser sein?«

Ja natürlich, das hatte ich ja schon bestätigt.

»Es ist also gar nicht der Erfolg, der glücklich macht, sondern das ›mehr an Vollkommenheit‹«, erklärte Es. »Mit dem schönen Nebeneffekt, dass damit auch das rastlose Mühen um den persönlichen Erfolg oder eine Verbesserung kurzzeitig ein Ende findet. Es ist also auch gleichzeitig die Befreiung von jeglichem Drang, die glücklich macht. Glaubst du, dass ein Sieger durch seinen Sieg für alle Zeiten glücklich ist?«

Wenn ich so die Lebensläufe von berühmten Sportlern überdachte, dann eher nicht. Aber das war ja jetzt nichts besonders Neues, sondern die übliche wirtschaftliche Grundlage für die Boulevardpresse.

»Natürlich nicht«, bestätigte Es meine Überlegung. »Das bedeutet, dass der Wettkampf nicht das probate Mittel zum Glück ist. Das damit verbundene Glück hält nicht lang. Nach dem Spiel ist vor dem Spiel. Sagt man nicht so? Nehmen wir jetzt mal an, dass du schon vollkommen bist und es nur nicht weißt. Was ist dann der richtige Weg zum Glück? Ein Wettkampf?«

»Darf ich dich kurz unterbrechen?« In mir wuchs eine gewisse Verdrossenheit. »Warum ist das alles so wichtig? Sorry, aber ich habe das Gefühl, dieses Gespräch ist irgendwie Zeitverschwendung.«

Kaum hatte ich die Nachricht weggeschickt, da bereute ich sie schon. Von Zeitverschwendung konnte nun keine Rede sein. Es ärgerte mich lediglich, dass in diesem seltsamen Dialog zwar fundamentale Themen des Lebens gewälzt wurden, aber meine konkrete Lebenswirklichkeit völlig unbeachtet blieb.

Doch mein sächlicher Dialogpartner ließ sich nicht beirren. »Nehmen wir mal an, du triffst tatsächlich demnächst deine Traumfrau«, stellte Es in den Raum.

»Schon besser. Gute Annahme.«

»Und du bist der Auffassung«, fuhr Es fort, »dass diese neue Beziehung dir Glück bringt. Möglicherweise überfrachtest du die Beziehung mit dieser Erwartung von Anfang an. Du glaubst, von der Beziehung etwas zu bekommen, was dir fehlt: Glück. Und deine Freundin erwartet dasselbe von dir. Das kann doch nur schiefgehen. Und das wäre doch schade, wenn die neue Liebe nach kurzer Zeit schon wieder zerbricht.«

»Hör ich da eine schlechte Erfahrung heraus?«, hakte ich nach.

»Das ist leider eine sehr häufige Erfahrung«, erwiderte Es. »Und was ist die Lösung?«

Woher sollte ich das wissen? Die rhetorischen Gegenfragen gingen mir langsam auf die Nerven.

»Indem du schon glücklich bist, bevor du deine Traumfrau triffst. Das erhöht die Chancen für eine befriedigende Beziehung um ein Vielfaches.«

»Das erscheint mir aber ein hehrer Wunschtraum zu sein«, kommentierte ich.

»Wir arbeiten dran«, versprach Es. »Machst du weiter mit?«

»Meinetwegen.«

Es sollte schon merken, dass ich mit seiner Gesprächsführung nicht ganz einverstanden war. Schließlich hatte ich die Frage nach Glück aufgeworfen, und Es hatte mich daraufhin in eine Diskussion über Beziehungen verwickelt. Noch schlimmer, es hatte mich indirekt mit meiner unbefriedigenden Beziehungssituation konfrontiert. Das war nicht sehr taktvoll.

»Etwas mehr Enthusiasmus würde guttun«, merkte Es an. »Aber nun ja. Machen wir weiter. Wenn dich eine Frau küsst, dann fühlst du dich glücklich. Wenn dir etwas gelingt, dann fühlst du dich glücklich. Wenn du endlich bekommst, was du ersehnst, fühlst du dich glücklich. Sind das verschiedene Arten von Glück?«

Auch darüber hatte ich mir noch nie Gedanken gemacht. Verschiedene Glücke? Warum nicht? Schließlich fühlt sich das Glück in der Liebe doch anders an als zum Beispiel das Glück einer bestandenen Prüfung. Oder etwa doch nicht? Worin sollte sich das Gefühl unterscheiden? Vielleicht, so kam es mir in den Sinn, ist Glück einfach eine positive Einstellung zu einem Geschehen. Solange ich das Geschehen guthieß, war ich zufrieden. Ansonsten nicht.

»Es ist natürlich immer das gleiche Glück«, bestätigte Es. »Glück kann also nicht an Freundschaft, Erfolg oder Gegenständen hängen. Es ist genau andersherum. Es wird von ihnen verdeckt. Sobald die Objekte der Begierde kurzzeitig erreicht scheinen, spitzt das Glück durch wie der blaue Himmel hinter den Wolkenbergen. Andere Frage: Es gibt so etwas wie eine Erfahrung von Glück. Richtig?«

»Ja schon, selten halt.«

»Dieses Glück hängt nicht an bestimmten Objekten, sonst müsste es verschiedene Arten von Glück geben. Richtig?«

»Okay«

»Es gibt daher nur ein einziges Glück. Ein einziges Glück kann nicht kommen und gehen, sonst gäbe es mehrere. Richtig?«

Ich antwortete im Chat mit einer leeren Sprechblase.

»Ja richtig! Wenn das Glück nicht kommen und gehen kann, dann ist es schon da. Es ist immer da.«

»Ich zumindest kann es nicht sehen!«, beharrte ich.

»Das ist genau das Problem«, stellte Es klar. »Um im Bild zu bleiben: Das Glück ist verdeckt von den Wolkenbergen. Doch die Wolken kommen und gehen. Lektion 3: Suche nach etwas, das nicht kommen und gehen kann! Dann hast du das Glück gefunden. Bis bald.«

Und damit entließ mich Es in einen unruhigen Abend.

4. Ich

Das Gespräch über Glück festigte meinen Eindruck, dass ich es hier mit einer Art Lehrer oder Lehrerin zu tun hatte. Dennoch fühlte ich mich nicht wirklich belehrt. Vielmehr zupften die Botschaften an einer inneren Wahrheit. Sie brachten zum Ausdruck, was ich tief in mir bereits immer gewusst hatte. Das war eigenartig. Trotzdem bekam ich die eigentliche Botschaft nicht richtig zu fassen.

›Suche nach etwas, das nicht kommen und gehen kann‹. Immer wieder wiederholte ich die Worte im Geist, als ich, wie so häufig, ziellos durch die abendlichen Straßen streifte. Zahllose Autos kamen mir entgegen, Leuchtreklame blinkte, Menschen hasteten an mir vorbei. Dann setzte auch noch Regen ein. Nichts, absolut nichts, war unveränderlich. Die Welt schien mir wie ein unstetes, wechselhaftes Kaleidoskop. Kein Augenblick, kein Muster glich dem anderen. Und die Bauzäune längs des Weges erinnerten mich daran, dass auch so stabile Gebilde wie Häuser nur einen temporären Anschein von Dauerhaftigkeit besaßen. Der große Bagger hinter dem Zaun sprach Bände. Nein, diese Welt bot schlechte Voraussetzung für das versprochene dauerhafte Glück.

Als ich meine offenen Hände in den Regen streckte, kam mir ein Gedanke. Vielleicht waren die Hände dauerhaft? Immerhin waren sie immer schon da gewesen, seit ich zurückdenken konnte. Vielleicht wollte Es mich darauf hinweisen, dass nur ich selbst das einzig Beständige bin? Ich selbst als die Wiege des Glücks? Das fühlte sich zumindest ansatzweise gut an. Doch völlig überzeugt war ich nicht. Vielmehr schien mir im Augenblick eher der Regen als verlässliche Konstante, der auch noch am darauffolgenden Morgen unablässig auf mein Dachfenster trommelte.

»Gehen wir es wieder an?« Zum ersten Mal meldete sich Es an einem Morgen.

»Von mir aus. Wollte zwar gerade ausgehen, aber es regnet. Genau: ES regnet. Dabei fällt mir auf, dass Du dich meistens meldest, wenn es regnet. Hat das etwas zu bedeuten? Wolkenberge …«

»Stimmt, jetzt wo du es sagst.«

Wie immer ließ sich Es von mir nicht festlegen oder sonst irgendwie greifen. Es flutschte mir davon wie ein Stück Seife. Vielleicht musste ich mich daran gewöhnen. Vielleicht musste ich mich auf seine Gesprächsführung einlassen, einfach mitmachen und sehen, wohin es mich brachte. Mit Trotz und Widerspruch kam ich nicht weiter. Daher beschloss ich, von nun an artig dem Gespräch, so gut es eben ging, zu folgen.

»Also gut. Falls du es wissen willst: Ich habe kein dauerhaftes Glück gefunden.«

»Lass einfach mal den Begriff ›Glück‹ beiseite«, empfahl Es. »Glück ist sowieso nur eine Bezeichnung für etwas, das man nicht bezeichnen kann. Alles wirklich Wesentliche entzieht sich der Sprache. Es gibt keine Worte dafür. Worte stehen für Objekte. Worum es hier geht, ist aber nicht objekthaft.«

Ich wusste zwar, was man unter einem Objekt verstand, einen Gegenstand zum Beispiel. Aber unter etwas ›Objekthaftem‹ oder gar ›Nicht-Objekthaftem‹ konnte ich mir beim besten Willen nichts vorstellen.

»Das musst du mir schon genauer erklären. Was meinst du mit ›objekthaft‹?«

»Mit ›objekthaft‹ meine ich ›gegenständlich‹ oder ›dinghaft‹«, erklärte Es. »Alles, was du mit deinen Sinnen wahrnimmst, ist gegenständlich. Gegenstände lassen sich betrachten, spüren, hören, riechen usw. Und sie lassen sich beschreiben. Sie besitzen Bezeichnungen. Wir können uns also über sie verbal austauschen. Das zerkratzte flache Ding in deiner Hand nennt sich zum Beispiel Smartphone. Gegenstände lassen sich zueinander in Vergleich setzen. Sie können zum Beispiel größer oder kleiner, besser oder schlechter, heller oder dunkler sein. Sie sind relativ. Und sie verändern sich, sind also von vorübergehender Natur. Betrachte dein Handy, dann wird dir das klar. Auch Gedanken und Empfindungen sind in diesem Sinne gegenständlich.«

»Moment.« Das ging mir zu schnell. »Gedanken und Empfindungen sind auch Objekte?«

»Auch Gedanken und Empfindungen sind stärker oder schwächer, angenehmer oder weniger angenehm, ausgebreitet oder begrenzt«, schilderte Es. »Sie bestehen, wenn du genau nachforschst, ebenfalls aus visuellen, akustischen oder gespürten Eindrücken. Außerdem können wir darüber sprechen. Es gibt Begriffe dafür. Wenn du an dein Handy denkst, ist es dann nicht trotzdem gegenständlich?«

Im Falle von Gedanken leuchtete mir das ein. Aber bei Gefühlen war ich mir nicht so sicher.

»Wir wissen beide, was Eifersucht bedeutet, oder Traurigkeit«, fuhr Es fort und beantwortete damit meinen Gedanken. »Wir können uns darüber austauschen. Außerdem nimmst du auch deine Gefühle wahr. Sie sind also Gegenstände deiner Wahrnehmung. Deshalb sind auch Gefühle und Empfindungen objekthaft.«

Das leuchtete mir ein. Wenn ich Bauchschmerzen hatte, dann konnte ich mit dem Arzt darüber sprechen. Er konnte meinen Bauch abtasten und vielleicht eine Verhärtung finden. Die Empfindung und mein Körper hingen ja zusammen. Und mein Körper war eindeutig ein Objekt. Warum sollten dann nicht auch die Bauchschmerzen objekthaft sein?

»Na gut. Aber dann ist alles, was ich kenne und kennen

kann, objekthaft. Einfach alles. Worauf willst du hinaus?«, fragte ich mit einer gewissen Dringlichkeit.

»Weil nicht ›alles‹ objekthaft ist«, lautete die unerwartete Antwort. »Es gibt auch eine nicht-objekthafte Erfahrung. Sprich den folgenden Satz in Gedanken wie in Zeitlupe: »Worin … (Pause) … höre … (Pause) … ich … (Pause) … meine … (Pause) … Gedanken? Ist da etwas zwischen den Gedankenworten?«

Ich schloss die Augen und wiederholte den Satz im Geiste. Zwischen den Gedankenworten erklang der immerwährende Verkehrslärm. Normalerweise fiel der mir gar nicht mehr auf. Aber die Geräusche waren ja sicherlich nicht gemeint. Sie waren zweifellos objekthaft. Ich versuchte mich auf mein Inneres zu konzentrieren, auf den Ort, wo ich die Gedanken hörte. Dann sprach ich den Satz noch einmal nach. Und tatsächlich hatte ich diesmal den Eindruck, dass die Gedanken in einer Art Raum erschienen und wieder verklangen. Was war das für ein Raum?

»Weiß nicht, ja, irgendwie schon. Da ist eine Art Hintergrund«, beschrieb ich meinen Eindruck.

»Sehr gut!«, lobte Es. »Ist dieser Hintergrund ein Objekt, das man sehen, hören, riechen, spüren oder schmecken kann?«

Ich fühlte noch einmal nach. Aber außer einer raumhaften Qualität konnte ich nichts Benennbares finden. »Nein, nicht wirklich. Aber was ist es dann?«

»Du selbst!«

»Ich?«

Erneut hatte es dieses rätselhafte Wesen geschafft, mich zu verblüffen.

»Wenn du das Glück finden willst, dann musst du dich zunächst selbst ergründen«, stellte Es mit schlichten Worten klar. »Du selbst bist der Schlüssel zum Glück. Wer bist Du? Das ist die zentrale Frage. Von allem. Die musst Du beantworten.«

Nach einer kurzen Pause fügte Es hinzu: »Wenn Du nichts dagegen hast, dann unterstütze ich Dich dabei. Allerdings müssen wir zuvor eine wichtige Regel klären.«

Okay, die zentrale Bedeutung jeglicher Selbsterkenntnis leuchtete mir sofort ein. Aber was war wohl mit der Regel gemeint? Das klang richtig wichtig.

»Es ist wichtig!«, bekräftigte Es meine Gedanken. »Die Regel lautet: Glaube mir nichts! Stell also alles in Frage, was ich sage. Aber sei vorsichtig dabei. Glaube auch nicht, was du bisher zu wissen glaubtest. Erforsche die Wahrheit, selbst, neu. Das war´s. Können wir jetzt beginnen?«

Noch bevor ich antworten konnte, fuhr Es auch schon fort: »Sehr gut, also: Wer bist du? Wie würdest du deine Identität beschreiben?«

Es war kaum möglich, mit der geistigen Geschwindigkeit von Es mitzuhalten. Aber ich gab mein Bestes: »Du kennst ja meinen Steckbrief. Aber das meinst du sicherlich nicht.«

»Dein Steckbrief ändert sich ständig«, bestätigte Es. »Aber hast du nicht im Leben den Eindruck, als Ich unveränderlich anwesend zu sein. Erinnere dich an deine Kindheit zurück! War das Ich, das deinen ersten Schultag erlebte, nicht dasselbe, das jetzt mit mir spricht? War und ist nicht die bloße Tatsache deiner Erfahrung ›Ich bin hier und erlebe das‹ vollständig identisch? Hast du nicht den Eindruck einer bleibenden Identität?«

Den Eindruck hatte ich schon. Irgendwie war es immer ›Ich‹, das mein Leben erlebte. Es gab auch keinen anderen Beteiligten. Aber wie sollte man dieses Ich beschreiben?

»Ich dachte immer, diese Identität sei mein Körper und die Art, wie ich über mich denke«, bekannte ich. »Meine speziellen Eigenschaften. Was mich halt ausmacht. Lässt sich schwer beschreiben.«

»Das sagt dir dein Verstand«, urteilte Es. »Aber ist dein

Körper wirklich konstant, unveränderlich? Ich schneide dir einen Finger ab. Bist du dann noch ›Ich‹?«

Der Gedanke erschien mir grausam. Auf das Experiment wollte ich lieber verzichten. Zumal ich sofort einsah, dass meine Ich-Auffassung wohl kaum vom Vorhandensein eines Fingers abhing.

»Deine Körperzellen ändern sich ständig«, fuhr Es fort. »Rein materiell gesehen bist du nach wenigen Jahren ein neuer Mensch. Abgesehen davon, dass dein Körper eher einem Zoo gleicht als einem Individuum.«

Das Argument konnte man nicht von der Hand weisen. Es sprach einiges gegen die These, dass man das Ich mit dem Körper eins zu eins gleichsetzen konnte. Ohnehin hatte ich mehr den Eindruck, dass mein Selbstverständnis eher im Denken und Fühlen lag als in einem materiellen Körperteil. Wobei das Gehirn hier wohl einen Sonderfall darstellte. Das Gehirn gehörte zum Körper und zum Denken. Je länger ich darüber nachsann, desto klarer wurde mir, dass mein Ich untrennbar mit meiner Fähigkeit zu denken verbunden sein musste. Ich war der Denker meiner Gedanken und damit der Entscheider meiner Handlungen.

»Ja gut, was ist mit meinem Geist? Meinen Erinnerungen?«

»Erinnerungen sind Gedanken«, erklärte Es. »Stirbst du, wenn du gerade nicht denkst?«

Mit einer einzigen Frage wurde mein Lösungsansatz vom Tisch gewischt.

»Hilf mir bitte auf die Sprünge. Ich bin gerade raus …«

»Konzentriere dich auf deine Erfahrung, als Ich da zu sein, als Ich jetzt gegenwärtig zu sein!«, forderte mich Es auf. »Verstehst du, was ich meine? Sag zu dir selbst: ›Ich bin‹!«

Na gut, das war ja noch relativ einfach. Ich sprach in Gedanken: Ich bin!

»Die gegenteilige Aussage wäre auch ziemlich seltsam«, merkte Es an. »Nun betrachte deine Gedanken. Vermutlich erfährst du nicht einen einzigen, dauerhaften Gedanken, sondern eher eine Folge von wechselnden Gedanken, eine Art Gedankenstrom, eine innere Stimme, die ständig vor sich hinplappert. Stimmt´s?«

»Ich sag jetzt besser nicht, was ich denke.«

Kaum war die Nachricht raus, ärgerte ich mich bereits über mich selbst. Hatte ich mir nicht vorgenommen, die Widerstände gegen Es in Zaum zu halten?

»Ist auch nicht nötig.« Meine unbekannte Partnerschaft ging einfach darüber hinweg.

»Stell dir stattdessen die Frage, ob sich mit den wechselnden Gedanken die Ich-Erfahrung ändert«, schlug Es vor. »Erweitert sich dein ›Ich bin‹ durch das Erscheinen eines Gedankens wie ›Das Es nervt langsam‹? Oder verschwindet mit dem Gedanken etwas von deinem ›Ich bin‹? Fehlt deinem ›Ich bin‹ etwas, wenn du gerade mal nicht denkst?«

»Es fällt mir schwer, NICHT zu denken.«

Das war zumindest eine ehrliche Antwort, wenn auch sicher nicht die passende. Entsprechende Versuche waren zuvor klaglos gescheitert.

»Mag sein«, gab Es zu Bedenken. »Aber wird deine Ich-Erfahrung durch deine Gedanken beeinflusst?«

»Die Gedanken machen mich zumindest nicht größer …«

Das war schon wieder die falsche Antwort, so viel war mir klar. Schließlich musste ich mir eingestehen, dass mein Ich nicht von Gedanken abhing. Die Ich-Erfahrung war einfach da – auch zwischen den wirbelnden Gedanken. Aber so schnell wollte ich meiner lehrerhaften Superintelligenz nicht nachgeben. Das war auch nicht nötig, da sie mich sowieso durchschaute.

»Einigen wir uns darauf, dass deine Ich-Erfahrung kein Gedanke ist?«

»Ja okay.«

»In ganz ähnlicher Weise kannst du deine Körperempfindungen und deine Gefühle als vorübergehende Erscheinungen erkennen«, erklärte Es. »Sie dauern vielleicht länger als die flüchtigen Gedanken, aber auch sie sind definitiv nicht bleibend.«

»Manche Gefühle sind ziemlich dauerhaft«, warf ich ein. »Besonders die negativen.«

»Mag sein. Aber auch die negativen Gefühle sind endlich. Machen wir ein Experiment: Konzentriere dich zunächst auf den leichten Druckschmerz in deinem Schulterbereich. Dann wechsle mit der Aufmerksamkeit zu deinen Füßen und achte auf das sanfte Kribbeln in den Sohlen. Ein völlig anderes Empfinden! Frage dich, ob sich mit dem neuen Körpergefühl etwas an deiner Erfahrung, als Ich anwesend zu sein, ändert.«

»Eher nicht.«

Diesmal versuchte ich es gleich mit einer vorsichtigen Zustimmung, was allerdings wieder nicht ausreichend war.

»Ganz sicherlich nicht! Dein Ich ist also auch keine Empfindung oder Gefühl.«

Ohne mir eine Verschnaufpause zu lassen, fuhr Es fort: »Schließlich sind auch deine Sinneseindrücke, die du mit den Augen, Ohren oder der Nase wahrnimmst, alles andere als konstant. Auch sie beeinflussen wohl kaum deine beständige Ich-Erfahrung.«

»Weiß nicht. Der Straßenlärm in dieser Stadt ist ziemlich beständig und er beeinflusst mich schon. Sehr!«

»Folgendes Experiment: Du schließt kurz die Augen, und dann öffnest Du sie wieder. Du wirst eindeutig feststellen, dass sich durch den Wegfall des Augenlichts nichts an Deiner Ich-

Erfahrung ändert.«

Das war so offensichtlich, dass ich das Experiment gar nicht erst machen musste.

»Mit dem Lärm verhält es sich ähnlich. Das lässt sich aber nicht so leicht überprüfen«, merkte Es an. »Andernfalls hätte ein Blinder, ein Tauber oder ein Mensch ohne Geruchs- oder Geschmackssinn eine geringere Ich-Erfahrung als ein gesunder Mensch. Das ist aber natürlich Unsinn.«

Und damit war mein letzter Halt dahin. Offensichtlich entsprach ich keinem Körperteil, keinem Gedanken, keinem Gefühl, keiner Empfindung und schließlich auch nichts, was sich mit meinen Sinnen wahrnehmen ließe. Meine Vorstellung vom Ich lag in Scherben – wobei selbst Scherben als dinghafte Beschreibung nicht zutrafen.

»Und, was bleibt dann übrig?«

»Das ist genau die entscheidende Frage!«, betonte Es. »Das wollen wir ja gerade herausfinden. So viel können wir schon sagen: Alles, was Du mit deinen Sinnen wahrnehmen kannst, alles Gegenständliche bzw. Dinghafte, aber auch alles Geistige und Fühlbare ist wechselhaft und flüchtig. Selbst ein Stein, den du für sehr dauerhaft hältst, ändert sich, wandelt sich um. Du musst ihn nur lang genug beobachten, um das zu erkennen. Alles, was du wahrnimmst, unterliegt einem solchen sich ständig ändernden Prozess. Beständige Dinge gibt es gar nicht. Damit bieten sie keinen Ansatzpunkt für etwas Bleibendes.«

»Du meinst das bleibende Gefühl, als Ich anwesend zu sein?«, vergewisserte ich mich vorsichtig.

»Genau! Deine unbestreitbare Gewissheit, dass du als ›Ich‹ immer unveränderlich anwesend bist. Es gibt also neben allen veränderlichen objekthaften Erfahrungen (Gedanken, Gefühle, Gegenstände usw.) auch eine konkrete NICHT-objekthafte Erfahrung, die auf dich selbst verweist.«

Nach einer kurzen Pause zog Es bedeutungsvoll sein Fazit: »Quod erat demonstrandum.«

Dieser lateinische Schlussakkord kam mir doch ein wenig anmaßend vor. Eine hundertprozentige Beweisführung schien mir das noch nicht zu sein. Oder ich hatte sie noch nicht verstanden. Wie sollte man auch etwas ›Nicht-Objekthaftes‹ begreifen – oder gar erfahren? Ein Nicht-Objekt? Ein Nicht-Ding? Es fiel mir sehr schwer, dieses Konstrukt einzuordnen oder gedanklich damit umzugehen. Und das sollte die Lösung für all meine Probleme sein? Enttäuschend.

»Nicht-objekthafte Erfahrung … Daran muss ich mich erst gewöhnen«, gab ich zu. »Aber gut, theoretisch kann ich das ansatzweise nachvollziehen. Nur – glücklich macht mich das noch lange nicht.«

»Vergiss das Glück jetzt mal«, legte mir Es abermals nahe. »Außerdem geht es nicht um Theorie.«

Konnte es sein, dass ich meinen Gesprächspartner mit meinem Starrsinn langsam zur Verzweiflung trieb? Wie dem auch war, mittlerweile wuchs in mir das Verlangen, dem aufgeworfenen Problem auch wirklich auf den Grund zu gehen.

»Mathematiker lieben Theorien«, verteidigte ich mich. »Ich habe verstanden, dass ›Ich‹ etwas Bleibendes bin. Das finde ich schon mal sympathisch. Und, okay, du nennst das eine ›Nichtobjekthafte Erfahrung‹. Spätestens an diesem Punkt wird es für mich nebulös. Ich habe leider immer noch nicht kapiert, was dieses nicht-objekthafte ›Ich‹ am Ende ist.«

»Seltsam, dass wir so wenig über uns wissen, nicht wahr? Lektion 4: Versuche zu ergründen, was eine nicht-objekthafte Erfahrung ist. Wir werden da nochmal ranmüssen.«

So hatte ich mir das Ende dieses Gesprächs nicht vorgestellt. Man konnte mich doch jetzt nicht mit all der Verwirrung allein lassen.

»Moment mal – wir können doch jetzt nicht einfach aufhören«, protestierte ich.

»Doch. Es regnet nicht mehr. Bis bald.«

5. Transparenz

Zum wiederholten Mal war mir der plötzliche Abbruch dieses merkwürdigen Austausches mehr als unverständlich. Auf der einen Seite schien es unheimlich wichtig zu sein, mir das Wesen meiner Natur zu vermitteln, auf der anderen Seite brach die Kommunikation dann schlagartig ab. Aber vielleicht hatte ja das eine mit dem anderen gar nichts zu tun? Vielleicht war dieses ›Es‹ nur einfach auch anderweitig beschäftigt? Aber womit sollte eine KI beschäftigt sein? Und wenn es sich hier doch nicht um eine KI handelte? Wie auch immer, vielleicht wollte das unbekannte Wesen mich damit einfach nur zum eigenständigen Nachdenken anregen. So ging es mir durch den Kopf, als ich wie jeden Morgen meinen Transporter belud.

Erst in der kurzen Mittagspause bot sich die Gelegenheit, ein wenig Klarheit in das angerissene Thema zu bringen. Ich saß auf dem Fahrersitz und aß mein Pausenbrot. In Ermangelung eines anderen Papiers kramte ich das Fahrtenbuch hervor und kritzelte auf eine leere Seite: ›Ich bin kein Gegenstand‹. Das schien plausibel zu sein, und ich markierte den Satz mit einem Korrekturhaken. Darunter schrieb ich: ›Ich bin kein Gedanke‹. Auch diese Aussage verdiente einen Haken. In der dritten Zeile notierte ich: ›Ich bin kein Gefühl‹. Hier hielt ich kurz inne, doch dann bekam auch dieser Satz sein ok. Schließlich zog ich einen Strich unter die Sätze und schrieb zusammenfassend darunter: ›Ich bin kein Objekt‹. Soweit schien mir alles klar zu sein. Viel weniger klar war mir allerdings die Konsequenz. Ich lehnte mich zurück, schloss die Augen und fühlte in mich hinein. Ich konnte zweifellos feststellen, dass es mich gab. Eine nicht zu leugnende Erfahrung! Ich erfuhr mich als lebendiges Wesen. Und dieses Wesen war kein Objekt. So stand es schließlich im Fahrtenbuch. Folglich konnte man mich als ›Nicht-Objekt‹ oder als ›objektlose Erfahrung‹ definieren. Das ergab sich aus reiner Logik. Mathematisch betrachtet musste ich also *Es* wieder recht geben. Mehr aber auch nicht. Die Bedeutung der Aussage blieb mir völlig schleierhaft. Außerdem hatte ich immer noch den starken Eindruck, kein Nicht-Objekt, sondern ganz einfach dieser spezielle Körper zu sein. Schließlich fuhr ich in der Gegend herum, um dessen penetranten Bedürfnisse zu befriedigen. Kurz, ich brauchte unbedingt weitere Nachhilfe. Glücklicherweise musste ich auf diese nicht lange warten. Noch am späten Nachmittag war Es mit einem knappen »Guten Abend!« plötzlich wieder da.

»Gut, dass du dich meldest«, ergriff ich das Wort. »Die Sache mit dem Körper macht mir noch zu schaffen. Dieser Körper scheint doch sehr penetrant an mir zu kleben. Du hast aber gesagt, ich sei nicht mein Körper, richtig?«

»Jedenfalls nicht ausschließlich«, stimmte Es zu. »Aber es geht nicht so sehr darum, was du nicht bist. Es geht vielmehr darum, was du bist.«

»Da bräuchte ich noch etwas Hilfestellung.«

»Gerne. Schließe die Augen und achte einfach nur auf deinen Atem. Beobachte, wie die Luft ein- und ausströmt. Stelle dabei fest, dass sich der Atem ständig ändert. Es gibt keinen Moment, der dem vorherigen gleicht. Mal ist da Druck, dann Zug, mal Wärme, dann Kälte, Kribbeln, Pochen, Strömen, Streichen. Körperempfindungen lassen sich schwer beschreiben. Der Atem weitet sich, verharrt unmerklich kurz und fließt zurück, steigt auf und geht. Er bleibt niemals, was er gerade ist. Er ist flüchtig, unbeständig, instabil. Kannst du das nachvollziehen?«

Offensichtlich hatte Es seine Methode geändert und versuchte mich nun schonend, fast meditativ zu führen. Ich lauschte also in mich hinein. Es war nicht sehr schwer den

Anweisungen zu folgen. Dass die Welt ein unbeständiges Phänomen darstellte, war ja nun nichts wirklich Neues, sondern eine allgegenwärtige, beklagenswerte Tatsache.

»Ja klar.«

»Gut«, erwiderte Es. »Denn nun kommt die entscheidende Frage: Gibt es in der Beobachtung des Vorgangs irgendwas, was sich nicht ändert, was immer da ist, was bleibt, was ruht, was nicht kommt und vergeht? Versuche das Bleibende im Vergänglichen zu entdecken! Versuche zu ergründen, ob dem wechselnden Atem etwas Konstantes, etwas Ruhendes begegnet! Merkst du was?«

»Das hatten wir doch schon mal, oder nicht?«, vergewisserte ich mich.

»Ja«, bestätigte Es, »aber du hast noch immer den Eindruck, dass das Beständige dein Körper sei, der immer anwesend zu sein scheint. Du hältst deinen Körper für dauerhaft, konstant. Ist es nicht so?«

»Das ist der Punkt«, stimmte ich zu. »Er haftet an mir, schon immer.«

»Versuche dir den Körper nicht gedanklich vorzustellen«, schlug Es vor. »Was bleibt dann von ihm übrig? Besteht der Körper dann nicht aus einer Ansammlung von Empfindungen? Kopfempfindung, Bauchempfindung, Handempfindung etc. Und diese Empfindungen ändern sich ständig. Sie sind alles andere als dauerhaft. Der Körper ist ein Prozess, genau wie der Atem.«

Da war was dran. Wenn ich die Augen schloss und die äußere Gestalt des Körpers außer Acht ließ, dann verlor der Körper seinen ganzheitlichen Zusammenhalt. Er zerfloss in Einzeleindrücke. Und galt das nicht auch für das äußere Bild? Wenn ich mein Vorwissen über das Aussehen von Körpern einmal ausblendete, dann gab es keinen Beweis dafür, dass zum Beispiel die Hand mehr zum Körper gehörte als die Tischplatte, auf der sie ruhte.

»Aber bist du auch ein Prozess, der sich ständig ändert?« fragte Es nach. »Ein Ich, dass sekündlich neu entsteht und vergeht?«

»Ich habe gerade nicht den Eindruck«, gab ich kund.

»Eben!«, bekräftigte Es. »Wie solltest du sonst den Wandel registrieren, der dich umgibt? Ist es nicht gerade die gegenwärtige Erfahrung der sich wandelnden Empfindungen, die immer da ist? Mach dir klar, dass in diesem Moment ein Bezeugen des Atems vorhanden ist.«

Mit dem Ausdruck ›Bezeugen‹ konnte ich zunächst nichts anfangen. Was war damit gemeint? Als Zeuge verstand ich eine Person, die einem Ereignis beiwohnt und dieses beobachtet. Aber welche Person war hier gemeint?

»Bezeugen? Was meinst du mit Bezeugen?«

»Registrieren, Beobachten, Bemerken, zur Kenntnis nehmen, bewusst Erfahren«, zählte Es auf. »Du bemerkst doch, dass ein Atmen vorhanden ist, oder nicht? Wenn das nicht der Fall wäre, dann könnten wir uns jetzt nicht darüber austauschen. Du weißt, dass jetzt gerade ein Atmen stattfindet. Dein Ich nimmt den Atem wahr. Ist es nicht so?«

Das konnte man nicht bestreiten. Ich bemerkte sehr deutlich, dass ich atmete. Aber was war daran so besonders?

»Ja gut. So könnte man es formulieren.«

»Ist dieses gegenwärtige Ich-Bemerken des Atems auch vergänglich?«, bohrte Es weiter. »Wenn der Atem kommt, kommt dann auch dein bewusstes Bemerken? Wird es mit dem Atem stärker? Wenn der Atem geht, verschwindet es dann mit ihm von der Bildfläche? Ist die Erfahrung mal weg und dann wieder da? Ist deine Erfahrung an den Atem gebunden? Oder ist es nicht genau umgekehrt? Der Atem kommt und geht, du aber als das gegenwärtige Erfahren des Atems, bleibst immer konstant anwesend, unberührt. Du bist der bleibende bewusste Hintergrund hinter aller Änderung.«

»Ich bin also das Erfahren des Atems …« resümierte ich.

»Nicht nur!«, widersprach Es. »Schau auf das Display deines Handys. Bist du nicht auch das bewusste Erfahren der Farben und des Lichtes? Lausche dem Autoverkehr! Bist du nicht auch das bewusste Erfahren der Geräusche? Achte jetzt auf die Sitzfläche. Bist du nicht auch das bewusste Erfahren des Druckes?«

Jetzt wurde mir endgültig klar was gemeint war. Bezeugen hieß einfach etwas gegenwärtig erfahren. Eine Information empfangen. So wie zum Beispiel den Verkehrslärm. Im Augenblick wurde der Lärm gehört, oder bezeugt, wenn man es so ausdrücken will. Er erklang nicht in einem leblosen Raum, sondern da gab es einen Empfänger in einer Dachwohnung mit undichten Fenstern, mit einem Kopf und Ohren und …

»Das, was sieht, ist nicht selbst ein Bild, oder?« Wieder schien Es meine Gedanken zu kennen und setze präzise mit der Korrektur an. »Wäre es ein Bild, ein Gegenstand, dann wäre es sich selbst im Weg. Dann könnte es nichts sehen. Nein, Sehen erfolgt aus einer Offenheit heraus, aus einer Transparenz. Da ist ein Durchsehen auf die Farben und Formen der Umgebung. Genauso beim Hören. Das, was hört, ist selbst kein Klang. Sonst käme es zu einer Überdeckung. Hören erfolgt also immer aus der Stille, wobei die Stille eine Metapher ist für Transparenz und Offenheit. Und dasselbe gilt für alle anderen Wahrnehmungen auch. Da ist nur Transparenz, nur Weite, nur Offenheit!«

»Ist das nicht das, was man normalerweise als ›Bewusstsein‹ bezeichnet?«, versicherte ich mich.

»Ja und nein.«

»Warum nein?«

Ich wartete ungeduldig auf eine Antwort, denn es kam mir so vor, als hätten wir in der Analyse einen neuralgischen Punkt erreicht. Aber das Display meines Telefons blieb dunkel.

»Hallo ES. Bist du noch da?«

Keine Antwort.

Ich versuchte es abermals: »Ich an Es: bitte kommen! Du tippst doch sonst schneller, als ich denken kann. Was ist los? Ist die Verbindung unterbrochen?«

Und dann, plötzlich, war Es wieder online.

»Unsere Verbindung bricht nie«, behauptete Es. »Wir sind nicht getrennt. Und ja klar: Bewusstsein. Das ist die technische Bezeichnung für das, was du bist, für deine wahre Natur. Aber Bewusstsein ist nur ein hilfloses Wort für etwas, was man nicht bezeichnen kann. Und es ist sehr missverständlich.«

»Warum?«

Und schon wieder bekam ich minutenlang keine Antwort.

»Warum und wieso?«, drängte ich. »Dafür, dass die Verbindung nie bricht, verläuft unser Gespräch heute Abend etwas stockend. ES stockt!«

Unruhig drehte ich das Telefon in meiner Hand hin und her und beäugte misstrauisch das dunkle Display. Ich wollte es gerade enttäuscht weglegen, da erschien eine neue Nachricht: »Siehst du. Warum sollte ES nicht stocken? Alles kann sein.«

Die Erklärung war so enttäuschend, dass mir nichts darauf einfiel. Stattdessen nahm Es den Gesprächsfaden wieder auf: »Aber zu deiner Frage: Die meisten Menschen verstehen unter Bewusstsein die Gesamtheit ihrer Sinneswahrnehmungen, Gedanken und Gefühle. Oder sie meinen damit eine bestimmte Haltung, eine Art und Weise zu denken. Sie sagen zum Beispiel: mein Bewusstsein zum Umweltschutz hat sich gewandelt. Ich verstehe darunter jedoch objektloses Sein, das all diese Objekte registriert, beobachtet, bemerkt, zur Kenntnis nimmt, also bewusst erlebt. Transparenz und Offenheit! Aber auch das sind nur Metaphern.«

Da ich nichts hinzufügte, fuhr Es nach einer Weile fort: »Stell dir ein weißes Blatt Papier vor, das mit allerlei schwarzen Zeichnungen und Buchstaben bedruckt ist. Die Zeichnungen und Buchstaben stehen für die Inhalte des Bewusstseins wie Wahrnehmungen, Gedanken und Gefühle. Die weiße Fläche steht für das Bewusstsein selbst. Ohne Papier gibt es keine Aufdrucke. Ohne Bewusstsein gibt es keine Objekte.«

»Und man kann es nicht in Worte fassen?«

»Man kann es nicht in konkrete Worte fassen, da es nicht objekthaft beschreibbar ist«, erklärte Es. »Du kannst dich dem wahrnehmenden Sein nur metaphorisch nähern. Da es die Objekte der Erfahrung bewusst bezeugt, könnte man ›Zeuge‹ dazu sagen. Da es um seine gegenwärtige Anwesenheit weiß, wäre auch ›wissendes Sein‹ oder ›Gewahrsein‹ passend.«

Es machte eine kurze Pause.

»In technisch-naturwissenschaftlicher Hinsicht nennt man es ›Bewusstsein‹. Als Ausdruck deiner Identität verstehst du darunter dein ›Ich‹. In Hinblick auf seine Unbeeinflussbarkeit und Widerstandslosigkeit sind auch Metaphern wie ›Friede‹ oder ›Offenheit‹ passend. Hinsichtlich seiner Absolutheit auch Gott. Und weil es völlig ohne Leid ist: Glück.«

Beim Lesen des letzten Wortes spürte ich einen kleinen Stich. Da stand tatsächlich ›Glück‹, der Ausgangspunkt unserer Untersuchung. Alles schien zusammenzupassen. Ich verstand nur noch nicht so richtig wie.

»Du verstehst das alles nur mit dem Kopf. Stimmt's?«, erkundigte sich Es.

»Na ja, wenn überhaupt …«

»Sprechen wir über das SEIN. Kannst du jetzt in der Vergangenheit SEIN?«

Meine unbekannte Lehrperson startete offensichtlich einen neuen Erklärungsversuch.

»Natürlich nicht.«

»Kannst du jetzt in der Zukunft SEIN?«

»Auch nicht.«

»SEIN ist also immer gegenwärtig«, schlussfolgerte Es. »SEIN ist immer ›jetzt‹. Also, was passiert gerade hier und jetzt? Beschreib es mir!«

Ich wurde wieder einmal ins Kreuzverhör genommen. Aber ich hatte mir ja vorgenommen, alles über mich ergehen zu lassen. Also tippte ich, was mir gerade dazu einfiel.

»Ich versuche, dich zu verstehen.«

»Genauer!«, drängte Es. »Was sind deine augenblicklichen Wahrnehmungen?«

»Da ist das Licht des Displays, ein Grummeln vom Kühlschrank, ein kühler Luftzug, ein leichter Druck im Bauch, die Augen schmerzen etwas«, zählte ich auf. »Verschiedene Gedanken wechseln sich ab. Ich fühle mich verwirrt.«

»Sehr gut. Das sind die Objekte deiner gegenwärtigen Wahrnehmung. Und wer erfährt diese Objekte?«

»Ich?«

Die Antwort kam mir zu platt vor. Natürlich umfasste mein Ich-Sein auch das Erfahren der genannten Eindrücke.

»Gibt es neben dem Erfahren dieser Objekte noch etwas Anderes, was du sein könntest?«

Etwas Anderes? Warum nicht? Warum beschränkte sich mein Wesen auf das Erfahren von Eindrücken. Ich war durcheinander.

»Ähm, ich verstehe deine Frage nicht richtig.«

»Okay. Nochmal langsam. Du bist dir sicher, dass du eine Identität besitzt, die du ›Ich‹ nennst. Wo ist dieses Ich?« Meine geheimnisvolle Begleitung nahm einen neuen Anlauf.

»Ich weiß schon: Nicht in meinem Körper. Aber vielleicht in meinem Denken?«

»Besitzen Gedanken eine Identität? Können sie zu sich selbst ›Ich‹ sagen?«

»Nein, das Ich ist eher ein Gefühl, ein Gefühl von Dasein.«

»Schon besser. Aber kann ein Gefühl oder eine Empfindung zu sich selbst ›Ich‹ sagen? Besitzen sie eine Identität?«

»Nein, auch nicht.«

»Eben. Gegenstände, Gedanken und Gefühle besitzen keine Identität. Nun gibt es aber in jedem Moment nur solche Objekte und deren bewusstes Erfahren. Ergo, was bist du dann?«

»Das bewusste Erfahren!«

Endlich war der Groschen gefallen. Meine Identität konnte nur im bewussten Erfahren von Objekten liegen, da die Objekte selbst ja nicht wahrnehmungsfähig waren. Das war beschämend logisch, musste ich mir als Beinahe-Mathematiker eingestehen.

»Siehst du?«, setzte Es wieder an. »Du kannst nichts Anderes sein. Deine Identität ist dir näher als alles andere. Sie ist die Nähe an sich, denn du bist diese Nähe. Finde deine nächste Nähe, dann findest du dich!«

»So habe ich das noch nie gesehen«, gab ich zu. »Das bleibt aber immer noch etwas abstrakt.«

»Nächster Versuch: Nimm bitte einen Bogen Papier und rolle ihn zu einer Röhre. Presse dann das eine Ende der Röhre so gegen das Gesicht, dass du mit einem Auge wie durch ein Fernglas hindurchschauen kannst.«

Was war denn das nun wieder für ein Ansatz? Fröhliches Basteln? Ich wühlte auf meinem Schreibtisch nach Papier, fand ein Notizblatt voller Skizzen und rollte es zusammen.

»Richte die Röhre auf irgendein Objekt in deiner Umgebung«, forderte mein Handy. »Was weiß ich, zum Beispiel auf die Klebezettel an deinem Computerbildschirm, oder was Anderes.«

Die Erwähnung der gelben Zettel ließ mich kurz stutzen.

»Woher weißt du? Ach egal. Die Zettel … na gut.«

»Was siehst Du?«

»Zettel.«

»Genauer?«

Ich hatte mich mittlerweile an die Fragetechnik meiner elektronischen Anleitung gewöhnt und konkretisierte: »Quadratisch, gelb, schwarze kritzelige Schrift.«

Damit war Es offensichtlich zufrieden.

»Sehr gut: Also Farbe, Form, Dinglichkeit«, fasste Es zusammen. »Egal was du anvisierst, einen Stift, ein Möbelstück oder einen Zettel, die optische Erscheinung ist aus verschiedenen Farben und Helligkeiten zusammengesetzt, die zusammen den Eindruck einer Form vermitteln. Löse jetzt den Blick von den Gegenständen am Ende der Röhre und wandere langsam mit der Aufmerksamkeit entlang der weißen Tunnelwand in Richtung Gesicht. Versuche die Stelle zu finden, an der die Tunnelwand in deiner Nähe aus dem Blickfeld verschwindet. Stelle dir dann folgende Frage: Was ist dort zu sehen, wo in deiner Nähe der Blick in den Tunnel herkommt? Gibt es dort auch Farbe, Helligkeit und Form?«

Ich versuchte der Aufforderung so gut es ging nachzukommen. Ich fokussierte zunächst den äußeren Rand der Röhre und verschob dann den anvisierten Blickpunkt entlang der weißen Fläche immer näher zu mir hin. Dabei wurden das äußere Ende der Röhre und die Formen und Farben immer undeutlicher, waren aber immer noch zu sehen.

»Natürlich siehst du nach wie vor verschwommen die Gegenstände am anderen Ende des Tunnels«, griff Es meinen Gedanken auf.

»Das ist aber nicht gemeint. Was siehst du genau hier, am diesseitigen Ende der Röhre?«

Leider konnte ich nicht die Röhre halten und gleichzeitig tippen. Aber Es wusste ja offensichtlich ohnehin über mich Bescheid.

»Nichts!«, antwortete Es an meiner Stelle und fügte auch gleich die Erklärung hinzu: »Wenn sich an dieser Stelle etwas Gegenständliches befinden würde, das man sehen könnte, dann wäre es dir ja im Weg, dann würde es den Blick in die Röhre behindern. Dein Blick in die Röhre ist aber frei von jeder Verdeckung. Das bedeutet, dass auf deiner Seite einfach nur ein freier Blick existiert. Man könnte auch sagen: da ist reine Offenheit, Transparenz, unverdeckte Weite. Und das ist eine ziemlich gute Umschreibung für das, was du tatsächlich bist.«

Wow! Schlagartig erkannte ich, worum es ging. Ich senkte die Röhre und blickte wie leer auf die schrägen Wände meines Dachzimmers. Die Röhre war völlig unwichtig. Ich erkannte, dass ich wie aus einer offenen Leere auf die Welt blickte. Da wo das Sehen herkam, waren keine Farben und keine Form, kein Kopf und keine Augen, sondern nur ein offener Blick, unbehindert, durchsichtig, frei. Dieser Eindruck war so überwältigend, das mir beinahe schwindelig wurde.

»In gleicher Weise nimmst du sämtliche anderen Sinneseindrücke wahr, was du zum Beispiel hörst oder riechst. Du findest nichts Gegenständliches, das hört oder riecht. Und auch deine Körperempfindungen und Gedanken schweben in diesem nicht-objekthaften, erfahrenden Nichts. Du bist dieser nicht-objekthafte Raum, in dem sämtliche Wahrnehmungen auftauchen und wieder verschwinden.«

Wow! Ich lauschte dem steten Brummen des Verkehrslärms. Da war nur ein offenes Ertönen der Geräusche. Nichts war ihm im Weg, kein Kopf, kein Ohr, es gab nur Hören. Ich spürte den

Druck unter meinen Füssen. Da war nur Empfinden in einem offenen Empfindungsraum. So war es immer, dachte ich mir, und doch fühlte sich alles völlig neu an.

»Damit ist die Sache mit dem Körper durch, oder?«, hakte Es nach. »Du bist nicht ein denkender und fühlender Körper, der über Sinnesorgane eine ihm fremde Welt registriert. Nicht Bewusstsein existiert in deinem Körper, sondern dein Körper existiert in Bewusstsein. Bist du noch dabei?«

»Ist mir gerade egal. Wow!«, bekundete ich in einem leicht berauschten Zustand.

»Nochmal«, mein Lehrmeister ließ nicht locker. »Wenn es überhaupt so etwas wie eine Grenze zwischen dir und der Welt gibt, dann verläuft diese nicht zwischen deinem Körper mit seinen Sinnesorganen und der vermeintlichen Umgebung, sondern zwischen dir ›Bewusstsein‹ und sämtlichen inhaltlichen Erfahrungen, Körperempfindungen, Gefühlen und Gedanken eingeschlossen.«

»Schon möglich, wow.«

»Na gut«, Es gab offensichtlich auf. »Lektion 5: Suche nach Eigenschaften der nicht-objekthaften Erfahrung, die du als deine Natur erkannt hast! Beschreibe dich also selbst. Bis bald!«

»Wow!«

6. Jetzt

Den Rest unseres letzten Gespräches bekam ich nur noch schemenhaft mit. Die Worte auf meinem Display schienen davon zu schwimmen. Dabei war im Grunde nichts Besonderes geschehen. Zum wiederholten Male wurde etwas in mir ausgelöst, das nichts wirklich Neues bedeutete. Wie wenn jemand auf den allgegenwärtigen Raum in uns und um uns verweist, den wir normalerweise nicht beachten. Und man möchte sagen: ach ja, da ist ja überall Raum, das ist mir noch gar nicht aufgefallen. Verblüfft stellte ich fest, dass gerade die Einfachheit des Seins die tiefste Wahrheit bereithält. Und zum ersten Mal hatte ich den Eindruck, dass ich wohl so etwas Ähnliches wie ein Selbstgespräch führte.

Als sich die erste Euphorie der Erkenntnis gelegt hatte, versuchte ich das Gesagte wieder zu sortieren. Mein Verstand hatte etwas Mühe, in alltägliche Sphären aufzutauchen, aber mit etwas Konzentration konnte ich meine Gedanken sortieren. Im Grunde ging es um etwas Einfaches. Das Prinzip bestand darin, sich selbst als wahrnehmendes Subjekt wieder zu erkennen. Ein Subjekt ist kein Objekt, auch wenn die deutsche Sprache grammatikalisch hier nicht so exakt unterscheidet. Gegenstände, Dinge können nichts wahrnehmen, sie werden wahrgenommen. Geräusche und Gerüche können nichts wahrnehmen, sie werden wahrgenommen. Gedanken und Gefühle können nichts wahrnehmen, sie werden wahrgenommen. In Gedanken zog ich wieder einen Strich unter die Feststellungen und fügte dazu: Objekte können nichts wahrnehmen, sie werden wahrgenommen. Und Voraussetzung für diese Wahrnehmung ist ein gegenwärtiges bewusstes Sein, Bewusstsein. Ich, das Subjekt der Wahrnehmung, bin dieses bewusste Sein. Punkt. Ende.

Auch wenn sich diese Feststellung noch immer etwas schematisch anfühlte, ging von ihr ein sonderbarer betörender Duft aus, der Duft von Frieden und Freiheit. Ich, meine Natur, mein Sein waren völlig transparent und bar jeglichen Gewichts. Ich fühlte mich leicht, leicht wie eine Seifenblase und genoss den aufkommenden Abend.

Leider blieb es nicht so. Am darauffolgenden Sonntag hatte sich das Gefühl von Leichtigkeit weitgehend verflüchtigt. Nach wie vor blickte ich mit neuer Perspektive auf mich selbst und die Welt. Immer noch faszinierte mich der Umstand, dass meine Natur ganz offensichtlich immateriell war, ein leerer, wahrnehmender Raum. Aber diese Offenheit, wie Es sie genannt hatte, schien mir nun eingeschlossen zu sein, begrenzt durch den Körper mit seinen Sinnen. Schließlich löste sich der Körper durch die neue Sichtweise nicht auf. Er haftete nach wie vor an mir wie ein zu enges Kleidungsstück. Und so schob sich die Wahrnehmung meiner selbst nach und nach zurück in alte gewohnte Bahnen. Ich empfand mich plötzlich wieder begrenzt und eingeschränkt. Ja ich spürte regelrecht das Leid und die Trennung, die von dieser beengten Auffassung ausgingen.

In meiner Verwirrung verspürte ich den eigenartigen Wunsch, meine Wohnung zu putzen, Ordnung zu schaffen, Ordnung in meine verwickelten Gedanken, Ordnung in mein Leben zu bringen. Ich hatte gerade den Schreibtisch in Angriff genommen, in Sachen Ordnung ein gewagtes Unterfangen, als sich mein Handy zu Wort meldete.

»Hast du dich wieder beruhigt?«

»Leider ja«, tippte ich zurück. »Aber das war schon seltsam. Nach unserem letzten Austausch fühlte ich mich einige Zeit wie losgelöst, als surfte ich auf einer Welle von Gegenwärtigkeit. Mein Leben: völliger Konturverlust. Wie wenn die Bausteine meines Alltags auseinandergebrochen wären. Was mich sonst beschäftigt hat, schaukelte nun zusammenhanglos an mir vorbei wie Treibgut auf den Wellen nach einem Schiffsuntergang. Und wenn ich danach griff, schien es mir zu entgleiten. Ich war durcheinander, doch gleichzeitig schien mir alles friedlich, voll Licht. Und da war keine Angst mehr, vor nichts.«

»Und jetzt?«, wollte Es wissen.

»Leider hat es sich alles wieder zusammengefügt. Die Steine sind wieder fest zusammengeklebt. Wie wenn ein nebulöser Traum zu Ende geht und die normale Welt zurückkehrt. Die gewohnte Sicht auf meinen Alltag mit all seinen Beschränkungen und Mühen ist wieder da. Und zugegeben, ich fühle mich etwas deprimiert. Ich frage mich, was das Ganze soll. Wer bist du? Warum sprichst du mit mir? Wo soll das alles hinführen?«

Aber meine geheimnisvolle Bekanntschaft zeigte keine Bereitschaft, auf meine Nöte einzugehen. Das war auch nicht zu erwarten. Stattdessen entgegnete sie sachlich:

»Hast du über die Eigenschaften nicht-objekthafter Erfahrung nachgedacht?«

»Nein, habe ich vergessen«, gestand ich wahrheitsgemäß mit einer guten Portion Trotz. Doch dann riss ich mich zusammen und versuchte mich auf die unerwartete Fragestellung einzulassen. Dabei fiel mir zunächst die Absurdität der Frage auf. »Aber stopp. Die Aufforderung ist für mich auch völlig unverständlich. Ich dachte, nur Objekte haben Eigenschaften, die man benennen kann. Etwas Objektloses kann doch keine Eigenschaften haben.«

»Sehr gut erkannt!«, lobte Es. »Dennoch gibt es auch Eigenschaften der Objektlosigkeit, die man erfahren kann. Sie sind halt auch objektlos. Auch das ›Nichts‹ hat Eigenschaften. Spannend, nicht?«

»Jetzt habe ich deine Strategie erkannt«, konterte ich. »Du möchtest mich wieder in die völlige Verwirrung stürzen.«

Es ignorierte einmal mehr meinen Einwand und fuhr unge-rührt mit seiner Belehrung fort: »Hättest du über diese Eigen-schaften nachgedacht, dann ginge es dir heute besser. Es ge-nügt eben nicht, sich selbst als Bewusstsein wiederzuerkennen. Das ist nur ein erster Schritt. Und ein wichtiger. Aber uns wurde von Kind auf eingehämmert, dass Bewusstsein eine Ei-genschaft des Körpers sei, eine Gehirnfunktion. Auf diese Weise teilt Bewusstsein die Begrenzungen des Körpers. Be-wusstsein ist dann etwas, das mit der Geburt entsteht und mit dem Tod vergeht. Solange ich diese Auffassung für wahr halte, habe ich durch die Selbsterkenntnis als Bewusstsein nichts ge-wonnen. Die Auffassung ›Ich bin der Körper‹ kehrt in subtiler Form zurück. Da genau stehst du jetzt. Und das ist unange-nehm. Daher ist es wichtig, die Eigenschaften von Bewusstsein zu kennen.«

Verblüfft musste ich feststellen, dass Es eine ziemlich gute Erklärung für meine gegenwärtige Situation geliefert hatte. Da-mit hatte sich mein Freund einen Vorschuss an Aufmerksam-keit und Vertrauen verdient.

»Also gut«, gab ich nach. »Ich erwarte Beispiele!«

»Gerne.« Mir war klar, dass mir jetzt wieder eine längere Ausführung bevorstand. Und so kam es auch. »Dazu nenne ich die objektlose Erfahrung des eigenen Selbst vorläufig wieder ›Bewusstsein‹. Das macht die Sache einfacher. Dieses Bewusst-sein weiß immer um sich selbst, es erfährt sich selbst. Erste Eigenschaft.«

»Wie meinst du das?«

»Wenn ich dich frage: ›Weißt du, dass du bewusst bist‹, so wirst du mir kaum mit ›nein‹ antworten. Die eigene Bewusst-heit beinhaltet, dass du auch registrierst, dass du bewusst bist. Etwas Anderes würde keinen Sinn ergeben. Stell dir vor, du bist bewusst, weißt aber nicht, dass du bewusst bist.«

Es ließ mir etwas Zeit zum Nachdenken.

»Bist du dann bewusst oder nicht?«

Bewusst – nicht bewusst ... Ich stand mal wieder auf der Leitung.

»Stell dir vor, du spürst einen Schmerz, erfährst aber nichts davon, dass du ihn spürst. Schmerzt es dann oder nicht?«

»Ich weiß nicht.«

»Eben, weil das keinen Sinn macht. Wie sollte etwas bewusst sein und gleichzeitig davon nicht Kenntnis haben? Bewusstsein erfährt sich selbst also immer als bewusst. Das ist seine Natur. Es ist selbstbewusst.«

Ich hatte den Begriff ›Selbstbewusstsein‹ bisher immer in einem anderen Zusammenhang verwendet, zum Beispiel um eines meiner größten Defizite zu beschreiben. Aber das war hier ja wohl nicht gemeint.

»Und was heißt das jetzt?«, hackte ich etwas grob in mein Handy.

»Dass du keine Dualität aus Subjekt und Objekt benötigst, um dich selbst zu erkennen. Du brauchst keine objekthaften Erfahrungen, um zu wissen, dass du bist. Weniger abstrakt: ich brauch dich nicht zu kneifen, damit du deine Gegenwart zur Kenntnis nimmst. Du weißt das auch so, immer.«

Die Idee mit dem Kneifen fand ich angesichts der gegenwärtigen Kommunikationsform interessant. Ansonsten war ich noch nicht so recht überzeugt.

»Ist ein Blinder weniger bewusst als ein Sehender?«, fügte Es hinzu. »Ein Tauber weniger bewusst als ein Hörender? Schließe die Augen und öffne sie wieder. Hat sich dabei deine Bewusstheit verändert? Die Erfahrung deiner selbst? Nein! Du weißt immer, dass du da bist!«

»Wie ist das im Schlaf?«

»Auch dann. Auch vor der Geburt.«

Für eine kurze Spannungspause blieb das Display schwarz. Dann fügte Es hinzu: »Und nach dem Tod.«

Oha. Das war eine starke Feststellung. Nun gewann das Gespräch langsam an Brisanz.

»Nur etwas Gegenständlichem, Beschreibbarem kann man ein Gegenteil beimessen. Etwas Nicht-Objekthaftes kann kein Gegenteil besitzen, oder? Daher gibt es auch kein Gegenteil für Bewusstsein. Es ›gibt‹ kein Nicht-Sein. Das wäre auch ein Widerspruch in sich. Bewusstsein ist die Grundlage von allem, es steht vor allem, hinter allem und ist in allem.«

»Du meinst mit Nicht-Sein den Tod?«

»Die meisten Menschen denken so«, erklärte Es. »Daher haben sie Angst vor dem Tod. Wovor haben sie genau Angst?«

Ich hatte keine Ahnung – ein Umstand, der mich selbst verblüffte. Schließlich hatte ich großen Respekt vor dem Sterben, war durch den Tod meiner Eltern unmittelbar damit in Berührung gekommen. Aber wenn man mich nun nach dem Grund der Angst fragte, dann fiel mir nichts ein. Seltsam.

Es machte eine schöpferische Pause und ließ mir Zeit, das eben Gesagte noch einmal zu überdenken. Die Aussagen über Bewusstsein und Tod gingen mir zwar noch etwas zu weit. Aber die Verknüpfung von Bewusstsein mit Selbstbewusstsein konnte ich nachvollziehen. Die Selbstspiegelung des Bewusstseins bildete offenbar die Wurzel unserer Identität. Ohne sie gäbe es vermutlich kein Ich-Empfinden. Denn ohne diese Selbstspiegelung, so ging es mir durch den Kopf, würde unsere Selbstwahrnehmung in einen unendlichen Regress münden, der keinen endgültigen Standpunkt zuließ. Wären das Ich, welches wahrnimmt, und das Ich, welches das bemerkt, getrennt, dann würde das Ich in unendlich viele Stücke zerfallen, die sich gegenseitig beäugen. Letzteres konnte ich bei mir selbst nicht feststellen.

Diese Schlussfolgerung überzeugte mich so sehr, dass ich sie gerne weiter diskutiert hätte. Aber mein elektronischer Kobold war schon wieder einen Schritt weiter.

»Kommen wir zur zweiten Eigenschaft«, setzte Es neu an, »die auf dieselbe Schlussfolgerung hinausläuft: Du, Bewusstsein, bist immer zeitlos.«

Ich versuchte so schnell wie möglich gedanklich umzuschalten und entgegnete: »Das kann ich nicht bestätigen. Meistens habe ich entweder zu viel oder zu wenig Zeit.«

»Das meine ich nicht«, wehrte Es ab. »Du kannst nicht in die Zukunft schauen, oder?«

»Leider nicht. Das ergäbe sonst attraktive Möglichkeiten.«

»Und auch nicht in die Vergangenheit, oder?«

»Ich meine schon.«

»Aber nicht in der direkten Wahrnehmung!«, korrigierte Es. »Ist irgendetwas um dich herum Vergangenheit? Ist der Tisch vor dir Vergangenheit? Oder sind die Autogeräusche da draußen Vergangenheit? Oder ist der Druck unter deinen Pobacken Vergangenheit? Nein! Alles, was du erfährst, erfährst du immer ›jetzt‹. Du lebst im ›Jetzt‹, nirgendwo sonst.«

Das war einleuchtend. Und doch hatte ich eine klare Vorstellung von der Vergangenheit – zumindest von der, die ich erlebt zu haben glaubte.

»Und meine Erinnerungen?«, fragte ich.

»Erinnerungen sind Gedanken, und diese Gedanken erscheinen dir ebenfalls im ›Jetzt‹. Kann man dieses ›Jetzt‹ zeitlich bemessen? Hat es eine Dauer? Gibt es ein längeres oder kürzeres ›Jetzt‹?«

»Vielleicht ist ›Jetzt‹ unendlich kurz?«, überlegte ich. Ich stellte mir dabei einen Zeitpfeil vor, der wie in der Physik üblich von der Vergangenheit in die Zukunft wies. Eine Hälfte des Pfeiles beschrieb die Vergangenheit, die andere Hälfte die

Zukunft. Dazwischen befand sich ein unendlich dünner Strich, der den Umschlagpunkt zwischen Zukunft und Vergangenheit markierte, und der sich mit einem bestimmten Tempo in Richtung Zukunft verschob. Der unendlich dünne Strich stand für die Gegenwart, das Jetzt.

»Nein, es ist unendlich lang! Oder man könnte auch sagen: es hat keine zeitliche Dimension. Du, bewusstes Sein, bist immer ›jetzt‹ und dieses ›Jetzt‹ hat keine Dauer. Das bedeutet, du lebst außerhalb der Zeit.

»Aber meine Uhr dreht sich ganz konkret«, widersprach ich, zusehends erstaunt über den irrealen Argumentationsfaden meines unbekannten Philosophen.

»In Gedanken scheint es so zu sein. Aber wie gesagt: auch die Gedanken erscheinen dir ›jetzt‹. Es gibt nichts Anderes als ›jetzt‹! ›Jetzt‹ kennt auch kein Gegenteil. Was wäre denn das Gegenteil von ›Jetzt‹?«

»Vielleicht ›gleich‹ oder ›eben‹ oder ›irgendwann‹?«, stellte ich vorsichtig zur Diskussion.

»Hast du ›gleich‹, ›eben‹ oder ›irgendwann‹ schon mal erlebt? In dem Moment, wenn du es erlebst, ist es ›jetzt‹. Das ist wie mit dem SEIN. Du kannst nicht ›eben‹ sein, und auch nicht ›gleich‹ sein, genauso wenig wie ›irgendwann‹ sein. Du BIST immer ›jetzt‹. ›Sein‹ ist eine nicht-objekthafte Erfahrung. ›Jetzt‹ ist auch eine nicht-objekthafte Erfahrung. ›Sein‹ und ›Jetzt‹ sind synonym. ›Jetzt‹ ist ein anderer Ausdruck für das, was du bist. Verstehst du nun, dass du nicht zeitlich begrenzt sein kannst?«

»Da ist was dran…«, bestätigte ich vorsichtig ohne endgültige Überzeugung. Mein Gegenüber verstand das allerdings als Einverständnis, denn Es hakte den Punkt einfach ab.

»Und du bist auch nicht räumlich begrenzt. Du bist durch gar nichts begrenzt. Dritte Eigenschaft.«

Wieder brauchte ich einen Moment, um geistig umzuschalten.

Die Zeit war abgehakt, jetzt ging es um den Raum. Immerhin konnte ich mir diesen besser vorstellen als die Zeit.

»Das leuchtet mir schon mehr ein. Nur Objekte haben Grenzen.«

»Offensichtlich, nicht wahr?«, bestätigte Es. »Denn wie oder durch was sollte etwas Nicht-Objekthaftes, das keine gegenständlichen Relationen kennt, begrenzt sein? Wäre es begrenzt, dann würde die Grenze als Objekt in Erscheinung treten. Und dann wäre es ja vorbei mit der Objektlosigkeit. Überprüfe kurz Folgendes: Schließe die Augen und betrachte die dunkle Fläche, die du siehst. Hat sie irgendwo eine Grenze? Siehst du einen Rand?«

Ich schloss die Augen und drehte sie unter den geschlossenen Lidern in verschiedene Richtungen. Was ich sah, war zwar nicht ganz dunkel, aber es gab tatsächlich nirgendwo einen Rand.

»Dann öffne die Augen und suche jetzt den Rand deines Blickfeldes!«, befahl Es.

Diese Übung fiel mir schwerer. Mein Blickfeld erschien mir nicht unendlich weit.

»Naja, wenn ich die Augen zur Seite drehe, dann scheint da irgendwo ein Ende zu sein«, gab ich zu bedenken.

»Wirklich?« Es schien erstaunt. »Aber du kannst nicht über das Ende hinaussehen, nicht wahr? Es gibt in deinem Blickfeld keinen Bereich, den du NICHT sehen kannst, stimmt's?«

Das war korrekt. Das Blickfeld hatte zwar keine unendlich weite Ausdehnung, aber man sah definitiv keinen Rand. Warum war mir das zuvor nie aufgefallen?

»Wäre auch ziemlich unlogisch.« kommentierte Es. »Wenn du diesen Bereich sehen könntest, dann wäre er ja nicht mehr außerhalb deiner Wahrnehmung. Wahrnehmung schließt die Möglichkeit von Nicht-Wahrnehmung aus. Das gilt für alle unsere Sinnesformen, Hören, Spüren, Riechen. Wir finden nie einen Rand, nie eine Begrenzung.«

Das hörte sich logisch an und musste sich überprüfen lassen. Ich schloss die Augen und konzentrierte mich auf das Kribbeln in meiner linken Hand. Das Kribbeln schien nicht unendlich ausgebreitet, aber ich konnte keinen Rand der Empfindung finden. Die Empfindung war eingebettet in einen unbegrenzten transparenten Empfindungsraum. Als ich die Feststellung wiederholt überprüfte, kam mir eine Idee.

»Mir fällt dazu der dreidimensionale, geometrische Raum ein«, verkündete ich. »Er ist doch auch unbegrenzt. Wir finden nie ein Ende des Raumes. Das ist auch astronomisch so. Alles befindet sich in diesem Raum.«

»Eins plus mit Sternchen!«, lobte Es überschwänglich. »Es fängt an, Spaß zu machen mit dir. Ja, der geometrische Raum ist eine sehr gute Metapher. Daher bezeichnet man Bewusstsein manchmal auch als Bewusstseins-Raum. Aber Vorsicht: Du bist nicht der dreidimensionale Raum! Der dreidimensionale Raum ist auch ein Gegenstand deiner Erfahrung, du erfährst die Welt so, dreidimensional. Aber du, Bewusstsein, bist nicht räumlich.«

Wenn man die eigene Identität mit dem Bewusstsein gleichsetzte, dann war diese Aussage folgerichtig. Aber ich konnte sie noch nicht so richtig glauben.

»Ich bin also unbegrenzt?«, hakte ich lieber nochmal nach.

»Absolut!«, bestätigte Es. »Das versuche ich die ganze Zeit zu verdeutlichen.«

»Sorry, Auffassungsgabe mangelhaft. Sechs, setzten.«

»Nana. Nicht so selbstkritisch«, beschwichtigte Es. »Du bist nicht mangelhaft. Etwas Nicht-Objekthaftes, das keine Eigenschaften besitzt, kann nicht eingeschränkt, unvollkommen oder mangelhaft sein. Etwas Nicht-Objekthaftes kann also auch nicht fehlerhaft sein. Oder fehlt deinem gegenwärtigen Dasein irgendetwas? Kann man etwas davon wegnehmen oder hinzufügen? Natürlich nicht. Gäbe es eine Begrenzung, gäbe es einen Mangel, dann wäre deine Gegenwärtigkeit nicht bleibend, nicht unveränderlich, sondern würde sich in einen Prozess, in ein flüchtiges Ding verwandeln. Was nicht dinglich ist, kann nicht fehlerhaft sein. Es kann überhaupt nicht ›irgendwie‹ sein. Es ist. Es bleibt immer unwandelbar, unveränderlich, ungefährdet, ganz egal was passiert.«

»Hört sich tatsächlich fantastisch an«, bestätigte ich, war aber noch nicht restlos überzeugt.

»Mehr noch, das ist die ultimative Freude, das ultimative Glück! Und der ultimative Frieden! Denn wenn du das begriffen hast, dann brauchst du auch nichts mehr zu reißen, um deine eingebildeten Mängel zu beheben. Du brauchst nicht mehr in die Welt zu ziehen, um dich selbst zu verbessern.«

Nach einer kurzen Denkpause fügte Es hinzu: »Und du musst keine Freundin suchen, um dich zu komplettieren.«

Der letzte Satz überraschte mich. Ja es durchzuckte mich regelrecht, als ich ihn las. Der Satz fiel eindeutig aus dem philosophischen Rahmen. Ich wurde den Eindruck nicht los, dass dieses Thema meinem Philosophen wichtig zu sein schien.

»Und es gibt gar keinen Grund mehr für deine Niedergeschlagenheit!«, fügte Es hinzu. »Aber verstehe mich bitte richtig: Ich möchte nicht deine Gefühle ändern. Es geht nur darum zu erkennen, dass sie keinen Grund haben.«

Das hörte sich nach einem Schlussakkord an, aber Es setzte noch ein paar Takte fort.

»Metaphorisch könnte man das Bewusstsein und seine Inhalte auch mit Leinwand und Film vergleichen. Während der Film sich ständig in Zeit und Raum ändert, bleibt die Leinwand als Projektionsfläche immer gleich. Der Film kann die

Leinwand nicht verschmutzen, beschädigen oder gar zerstören. Entsprechend können die Erfahrungen dem Bewusstsein nichts anhaben. Das Bewusstsein bleibt immer ungefährdet, vollständig und heil. Es nimmt alle Erfahrungen an wie sie sind. Bewusstsein ist daher immer in Frieden, ohne Widerstand und Leid. Könnte man das nicht als Glück bezeichnen? Und trotzdem bleibt Bewusstsein mit allem verbunden, was es erfährt – bedingungslos, völlig intim und ohne Ausnahme. Könnte man das nicht als ›Liebe‹ bezeichnen?«

Damit war der Vortrag endgültig zu Ende. Führsorglich erkundigte sich Es nach meinem Empfinden:

»Wie geht es Dir? Ich hoffe, dass ich Dich heute nicht zu sehr beansprucht habe.«

»Schon gut!«, entgegnete ich matt.

»Wir sind noch nicht ganz fertig. Es gibt noch eine letzte objektlose Eigenschaft, die du kennen musst. Aber das Thema verschieben wir auf Morgen. Bis dahin beschäftige dich mit folgender Frage zu Lektion 6: Was ist Liebe? Bitte entschuldige die nummerische Anspielung. Sie ist Zufall. Bis Morgen.«

»Du und Zufall … wer´s glaubt …«, dachte ich und tippte ein letztes schlichtes »Bis Morgen.«

7. Liebe

Abends lag ich lange wach und starrte ruhelos gegen die Dachschräge über mir. Mit dem Thema ›Liebe‹ hatte das kluge Es einen neuralgischen Punkt bei mir berührt. So interessant und bemerkenswert all die Ausführungen über das Sein und das Bewusstsein auch waren, in mir blieb die Sehnsucht nach menschlicher Zuwendung. Mehr als nach Wahrheit suchte ich nach einem einfachen, freundschaftlichen Halt. Anders ausgedrückt: die Weisheit konnte meine Einsamkeit nicht vertreiben. Und in meiner Fantasie nahm Es immer mehr das Bild einer Frau an, einer wunderbaren und geheimnisvollen weiblichen Gestalt. Der Name ›Esmeralda‹ kam mir in den Sinn – die Zauberin, die Heilerin, die Geliebte …

Ich versuchte den Gedanken abzuschütteln und konzentrierte mich auf die gestellte Frage: »Was ist Liebe?« Vielleicht hing die Antwort mit den besprochenen Eigenschaften des Bewusstseins zusammen? Ein Punkt war besonders haftengeblieben: Bewusstsein konnte sich selbst als bewusst wahrnehmen, ohne dass irgendetwas weiteres benötigt wurde, keine Lebenserfahrung, keine Gedanken, keine Gefühle, nichts. Bewusstsein war bewusst, Ende der Diskussion. Und das stimmte. Es stimmte einfach. Ich konnte es in jedem Moment überprüfen. Wenn ich mich fragte: »Bin ich bewusst?«, dann war die Antwort in der Frage schon enthalten. Ja, ja und immer Ja. Und ich spürte regelrecht, wie von diesem Wissen auch das Wissen um meine Identität herrührte. Dort hatte meine Identität ihren Ursprung. »Ich bin, weil ich weiß, dass ich bin«, murmelte ich. Aber das war noch nicht alles. Diese Erkenntnis reichte noch weiter. In diesem Wissen um mich selbst gab es keinerlei Trennung, nichts Relatives, nichts Eingeschränktes, keine Dualität von Subjekt und Objekt. Ich (Subjekt) sehe mein zerkratztes Handy (Objekt), aber Bewusstsein (Subjekt) erfährt Bewusstsein (Subjekt) ohne gegenständliche Beziehung. Aber was hatte das für eine Bedeutung? Hieße das nicht, dass Bewusstsein im Gegensatz zu den relativen Objekten unserer Wahrnehmung etwas ›Absolutes‹ war? Aber was bedeutete das, etwas ›Absolutes‹ zu sein? Ein feiner Schauer lief über meinen Rücken. Die Begriffe Unendlichkeit, Ewigkeit, Transzendenz und Gott tauchten in meinem Geist auf, ohne sie richtig fassen zu können.

Und dann kehrte ich wieder zur ›Liebe‹ zurück. Ja, Liebe, was war das eigentlich? Und was hatte sie mit Bewusstsein zu tun? War Liebe nicht etwas Relatives? Ich liebe dich … Oder doch nicht? War Liebe vielleicht doch absolut? Eine objektlose Erfahrung …? Fragen rotierten in meinem Geist, wechselten sich ab, versanken und tauchten wieder auf. Und mit all diesen sich drehenden Gedankenfetzen schlief ich schließlich ein.

»Guten Morgen!« So zeitig hatte sich Es bisher noch nie gemeldet. Ich war gerade aufgestanden, da bimmelte schon mein Telefon.

»Oje, so früh«, tippte ich und schaltete die Kaffeemaschine ein. »Du hast sicher nichts dagegen, wenn ich mir nebenbei einen Kaffee brühe.«

»Mach es dir gemütlich!«, entgegnete Es.

»Weißt du, was merkwürdig ist?«, fragte ich und kramte in meiner Brotschublade nach einer alten Scheibe Brot. »Am Anfang unserer medialen Begegnung war ich noch schwer am überlegen, was ich tippe. Mittlerweile merke ich davon fast nichts mehr. Ich tippe spontan, was ich denke, was gerade da ist. Außerdem wirken deine Worte gar nicht mehr fremd. Manchmal habe ich das Gefühl, mit mir selbst zu sprechen.«

»Aber du führst doch ein Selbstgespräch!«, beteuerte meine

unbekannte Begleitung.

»Naja, mehr doch ein ES-Gespräch«, gab ich zu bedenken.

»Kein Problem«, erwiderte Es. »Ändere einfach meinen Namen in deinen Kontakten von ›Es‹ zu ›Selbst‹ – und schon führst du ein Selbstgespräch. ›Selbst‹ ist genauso gut wie ›Es‹. Passt auch. Klingt sogar ein wenig eleganter.«

»Schön mit dir zu plaudern!«, bekräftigte ich und setzte mich mit Kaffee und Teller auf meinen alten Sessel am Fenster. »Wir müssen ja nicht immer trockene Bewusstseinsthemen wälzen.«

Mein unbekanntes Selbst schien von diesem Vorschlag nicht begeistert zu sein. »Schade«, kommentierte Es. »Ich dachte, das Thema ›Liebe‹ würde dich reizen. Interessiert dich das etwa nicht?«

»Bla bla bla. Du weißt ganz genau, wie es mir in dieser Hinsicht geht«, hackte ich ins Handy.

»SELBSTverständlich!«, bestätigte Es, wobei der Ausdruck ›SELBST‹ in Großbuchstaben dargestellt war. »Und ich verstehe, dass ich dich nicht vor dem Kaffee zu sehr fordern darf. Melde dich einfach, wenn du so weit bist.«

Das war endlich mal ein richtig angenehmer Vorschlag. Ich lehnte mich in meinen Sessel zurück und kaute auf dem harten Brot herum. Die Vertauschung von Es durch Selbst brachte mich nicht weiter. Ich wollte endlich mehr über die große Unbekannte wissen – über Esmeralda. Falls sie überhaupt eine Frau war. Und irgendetwas sagte in mir, dass ich damit nicht ganz so falsch liegen könnte.

»Also okay«, gab ich schließlich die Freigabe. »Leg los!«

»Na dann«, meldete Es, was sich nach dem Anfang eines längeren Vortrages anhörte. »Ich hol ein wenig aus, ja? Und sorry, wenn es wieder um ›Bewusstsein‹ geht. Denke bei ›Bewusstsein‹ einfach immer an ›Ich‹. Es geht um dich, nur um dich!«

»Alles klar.«

»Die meisten Menschen verknüpfen intuitiv ihre Identität richtigerweise mit ihrem Bewusstsein. Bei dir hat das allerdings etwas gedauert.«

»Danke!«

»Bitte! Jetzt kommt das Problem: Gemäß der üblichen Auffassung besitzt jeder Mensch sein eigenes Bewusstsein, das seinen Sitz, wenn auch nicht auffindbar, irgendwo im Körper hat. Das individuelle Bewusstsein scheint also den räumlichen und zeitlichen Begrenzungen des Körpers zu unterliegen. Diese Auffassung ist der Urgrund für alles psychologische Leid, das in der Angst vor dem Tod wurzelt. Nichts fürchten die Menschen mehr, als ihr Bewusstsein für immer zu verlieren. Deshalb ist es eine entscheidende Frage, ob Bewusstsein tatsächlich auf einen Körper begrenzt sein kann.«

»Das hatten wir schon.« merkte ich korrekterweise an, wohl auch, um meine Aufmerksamkeit zu protokollieren.

»Ja genau«, bestätigte Es. »Wir haben das Wesen des Bewusstseins experimentell untersucht und verstanden, dass eine solche Begrenzung nicht auffindbar ist. Wie oder durch was sollte etwas Absolutes, das keine gegenständlichen Relationen kennt, begrenzt sein? Kurz: etwas Absolutes ist von Natur aus unbegrenzt, sonst ist es nicht absolut. Wenn nun aber Bewusstsein unbegrenzt ist, dann kann es auch keine individuelle Erscheinung darstellen. Ergo: Alle Wesen besitzen dasselbe Bewusstsein und damit dieselbe Ich-Identität. Es gibt nur ein Selbst! Es gibt nur ein gemeinsames Ich! Vierte Eigenschaft des Bewusstseins!«

Das ging mir mal wieder zu schnell. Ich wollte das gerade anmerken, da kam auch schon eine genauere Erklärung.

»Wenn ich dich frage: ›Bist du bewusst?‹, dann antwortest du mit ›ja‹. Wenn ich dieselbe Frage einem anderen Menschen stelle, dann antwortet dieser vermutlich auch mit ›ja‹. Unterscheidet sich das eine ›ja‹ von dem anderen? Ist die Erfahrung der eigenen Bewusstheit tatsächlich individuell? Wodurch sollte sich deine Erfahrung des Seins von der eines anderen abheben? Wie und durch was sollte eine nicht-objekthafte Erfahrung persönlich sein?«

Da war etwas dran, dachte ich. Die Erfahrung der Objektlosigkeit deutete gerade darauf hin, dass meine Identität keine beschreibbaren Konturen hatte. Ich war das weiße Papier, die leere Leinwand hinter den Ereignissen meines Lebens. Aber wie sollte sich eine leere Leinwand von einer anderen unterscheiden?

»Das leuchtet mir ein,« bestätigte ich schließlich. »Aber das würde bedeuten, dass wir alle ein und dasselbe sind.« Der Gedanke gefiel und missfiel mir gleichzeitig. »Etwas in mir sträubt sich gegen diese Feststellung«, merkte ich daher an. »Es gibt genug Menschen, mit denen ich nichts gemeinsam haben möchte. Vor allem nicht dasselbe Ich.«

»Das verstehe ich sehr gut.« Auf dem Display war hinter dem ›gut‹ ein lächelnder Smiley abgebildet, das erste Emoji der bisherigen Konversation. Nach über einer Woche schien unser Gespräch endlich eine emotionalere Ebene zu erreichen.

»Aber vielleicht hilft folgende Überlegung: Alle objekthaften Eigenschaften der Persönlichkeit wie Charakter, Fähigkeiten, Kenntnisse, die spezielle Art zu Denken und Fühlen sind individuell und völlig einzigartig. Keine Person gleicht einer anderen. Und manche Personen passen, wie du sagst, auch überhaupt nicht zusammen. Andere dagegen schon.«

»Aber?«

»Doch das, was aus unseren Augen herausblickt und die Welt wahrnimmt, ist nicht individuell, sondern unpersönlich. Auch intuitiv wissen wir um die Übereinstimmung in unserer

Essenz. Es gibt sogar einen Ausdruck dafür.«

»Darf ich raten? Liebe?«

»Treffer! Liebe ist das intuitive Wissen um die Untrennbarkeit aller Wesen im Sein. Und dieses Wissen ist die wahre Grundlage aller Ethik. Sie ist die fundamentale Triebfeder für jegliche Verantwortung und für umsichtiges Handeln.«

Die Weltgeschichte rund um Herrscher und Kriege, Bibliotheken füllende Literatur, Filme, Dramen, Kunstwerke aller Art drehen und drehten sich nur um eins: um Liebe oder fehlende Liebe in allen erdenklichen Facetten. Und nun hieß es schlicht: Liebe sei das Wissen um Einheit. Schluss. Aus. Wieder einmal reduzierte Es eine der aufreibendsten und vielfältigsten Erscheinungen des menschlichen Lebens auf ein schlichtes, einfaches Grundprinzip. Das kam mir ein wenig platt vor.

»Ich dachte immer«, wandte ich daher ein. »Liebe sei ein Gefühl – ein sehr starkes Gefühl von Zuneigung.«

»Zunächst ist Liebe die nicht-objekthafte Erfahrung der Unbegrenztheit allen Seins«, beharrte Es. »Besser ausgedrückt: des Seins. Es gibt nur Eins. Liebe ist daher KEIN Gefühl. Im Gegenteil: sie ist das Fehlen des Gefühls von Trennung und Einschränkung.«

»Wenn ich mir die Welt so anschaue, dann ist dieses ›Wissen‹ nicht sehr weit verbreitet.«

»Da muss ich dir leider zustimmen. Die Weltsicht der meisten Menschen war und ist geprägt von der irrtümlichen Annahme eines getrennten Ich. Die Wahrheit wird übersehen, vergessen. Menschen halten sich für Personen.« Es machte eine gewichtige Pause. »Und Personen können nicht lieben!«

Dieser ungeheuerliche Satz traf mich wie ein Schlag. Auch wenn in mir in den letzten Tagen leise Zweifel aufgekommen waren, hatte ich doch mein Leben lang geglaubt, eine Person zu sein. Vielleicht nicht die bedeutendste Person und auch nicht immer die Person, die ich gerne sein wollte, aber eben eine Person. Eine Person, die zumindest den Versuch unternahm, ein wenig freundlich zu sein. Und nun wurde mir knallhart ins Gesicht gesagt, dass diese Person nicht lieben könne. Das musste ich erst einmal verdauen.

»Das klingt ziemlich hart«, wandte ich ein.

»Mag sein«, entgegnete Es. »Aber eine Person ist nur eine Ansammlung von Reflexen, Verhaltensmustern, Konditionierungen. Personen sind immer gefährdet. Sie betrachten andere nur als Objekte – entweder als Bedrohung oder als Nutzen.«

Das leuchtete mir ein. Objekte waren vergänglich. Es gab sie nie wirklich als dauerhafte Erscheinungen. Objekte waren daher immer im Begriff zu verschwinden oder sie befanden sich zumindest in einem Umwandlungsprozess. Wenn ich mich für ein Objekt hielt, dann musste ich zwangsläufig gegen diesen Auflösungsprozess angehen. Ich musste Strategien entwickeln, wie ich mich schützen konnte. Eine Möglichkeit bestand darin, andere vermeintliche Personen dazu zu nutzen, die eigene Person zu stabilisieren.

»Aber es stimmt mich nicht hoffnungsfroh«, tippte ich nachdenklich. »Wenn die von dir beschriebene, ich nenne sie mal ›universelle Weltsicht‹ die Voraussetzung für Liebe und Frieden ist, dann wird das Projekt Menschheit wohl sehr bald scheitern. Ich jedenfalls bin weit entfernt von dieser alles einschließenden, liebevollen Sicht.«

»Auch, wenn das schwer zu verstehen ist: Es gibt nur diese liebevolle Sicht«, entgegnete Es. »Sie schaut aus jedem Wesen. Auch aus dir. Aber ja, sie ist fast immer verschleiert.«

»Verschleiert?«

»Ja«, bestätigte Es. »Verschleiert durch die irrtümliche Annahme, eine getrennte Person zu sein.«

So klar und logisch die Worte von Es auch waren, etwas in

mir wehrte sich dagegen, Liebe so allumfassend zu sehen.

»Und wie verhält es sich dann mit der Liebe zwischen zwei Menschen?«, versuchte ich einen neuen Anlauf. »Warum sollte es so etwas geben, wenn nur diese eine universelle Liebe wirklich zählt?«

»Ich verstehe, was du meinst«, beteuerte Es. »Aber die universelle Liebe speist auch die Liebe zwischen zwei Menschen. Die Liebesbeziehung zweier Menschen ist ein weltlicher Spiegel oder ein irdisches Abbild von dem universellen Prinzip. Deshalb sprechen zwei Liebende auch davon, dass sie im Partner verschmelzen. Sämtliche Annahmen von persönlicher Trennung fallen weg. Schau: wenn eine Liebesbeziehung nicht von der unbedingten, universellen Liebe getränkt ist, dann reduziert sie sich bestenfalls auf Kooperation, auf gegenseitige Vorteilnahme, auf eine gesellschaftliche Konvention, auf Fortpflanzung.«

Auch das erschien mir sofort richtig zu sein. Doch ich fühlte mich ausgeschlossen, als hätte mich das Universum aus der Liebe verbannt, weil ich diese Sichtweise nicht teilen konnte.

»Wie kann etwas von Liebe getränkt werden?« Eine gewisse Verzweiflung stieg in mir auf.

»Geh und finde dich selbst - so kannst Du auch mich (die Liebe) finden«.

Diese Antwort irritierte mich

»Ist das ein Zitat?«, fragte ich unsicher.

»Ja, von Rumi«, bestätigte Es. »Alles ist fortwährend von Liebe getränkt. Das wird nur nicht immer deutlich. Je mehr du dich im Gegenständlichen der Welt verlierst, desto weniger erkennst du darin die Liebe. Stell dir vor, du gehst an einem trüben Wintertag durch ein graues Industriegebiet. Wie fühlt sich das an?«

»Fremd, einsam.«

74

»Du fühlst dich davon getrennt?«

»Definitiv.«

»Und jetzt stell dir ein endloses Meer aus Kirschblüten vor, das sanft im Sonnenlicht wogt. Fühlst du dich davon auch getrennt?«

»Natürlich nicht. Man fühlt sich davon angezogen.«

»Schönheit scheint also mit Trennung – oder vielmehr mit der Aufhebung von Trennung – zu tun zu haben«, fasste Es zusammen. »Wie die Liebe! Aber ich versuche es nochmal mit einem anderen Beispiel. Du magst doch sicher Sonnenuntergänge? Was macht sie so schön? Die orange-rosa leuchtenden Wolkenfetzen? Die schwarzen Zacken des Horizontes im Kontrast zum goldenen Gegenlicht? Die einsetzende Nachtluft, die kühl den Hügel hinaufstreicht?«

Ich mochte Sonnenuntergänge. Oder vielleicht auch nicht – sie erinnerten mich zu sehr an meine eigene melancholische Natur, an meine Zartheit, die mir schon immer zu übermächtig erschien.

»Das alles zusammen«, entgegnete ich knapp. »Die ganze Stimmung.«

»Nicht mehr?«, bohrte Es nach. » Lässt sich darin nicht etwas erahnen, das über das bloße Bild hinausgeht? Erinnert der Sonnenuntergang nicht an etwas, das man als ›Unendlichkeit‹, ›Offenheit‹, ›Transzendenz‹ bezeichnen könnte? Die Romantiker haben regelmäßig darauf hingewiesen.«

»Wenn ich mich nicht täusche, dann waren die Romantiker eher traurige Menschen«, hielt ich entgegen.

»Ja«, bestätigte Es. »Weil sie dabei einen entscheidenden Punkt vergaßen: Ihre eigene Bewusstheit. Ihr eigenes unendliches, offenes, transzendentes Sein – ohne das kein Sonnenuntergang existieren könnte. Ohne Sehen gibt es nichts Gesehenes. Die Vergänglichkeit eines jeden Moments macht die

Unvergänglichkeit der Wahrnehmung sichtbar – sie verweist auf das ungeteilte Selbst.«

»Jetzt mal langsam!«

»Was ich sagen möchte: es gibt Objekte, die über sich hinausweisen, die das betrachtende Sein reflektieren und die, mehr noch, die Einheit allen Seins erahnen lassen. Interessant ist nicht der Sonnenuntergang selbst, eine reine Farbkombination, sondern sein Potential zur Kontemplation.«

»Du meinst also, man empfindet Dinge als schön, wenn sie die Untrennbarkeit und Unvergänglichkeit vor Augen führen?«

»Genau. Denk an eine Seifenblase. Sie ist fast nichts – ein Hauch, durchsichtig und licht. Und doch hat sie die magische Fähigkeit, alle Farben der Welt zu brechen und in ein stetig wandelndes Spiel aus sich drehenden Schleiern zu verzaubern. Sie ist so zart, so flüchtig und doch spüren wir in ihr die Unvergänglichkeit des Seins. Liebe.«

Die Erwähnung der Seifenblasen verpasste mir den nächsten gnadenlosen Stich. Jetzt fehlte nicht mehr viel, und Es hätte mich endgültig schachmatt gesetzt. Ich wusste nichts zu antworten.

»Gefällt dir das Bild nicht?«, fragte Es vorsichtig.

»Doch, doch, sehr«, bestätigte ich wie in Trance.

»Und?«

»Es erinnert mich an etwas«, erklärte ich. »Ich habe neulich beim Friedhof eine Seifenblasenkünstlerin gesehen.«

»… die dir gut gefallen hat?«, ergänzte Es.

»Ach, egal«, schrieb ich resigniert. »Du weißt doch sowieso alles über mich.«

»Stimmt und stimmt nicht«, antwortete Es sophistisch. »Ich denke es wird Zeit, dass wir unsere Beziehung klären.«

»Eine außerordentlich gute Idee!!!« Ich tippte eine ganze

Zeile voller Ausrufezeichen.

»Aber nicht mehr heute«, meine Es sanft. »Ich wünsche dir einen wunderbaren Spätsommertag!«

Das konnte doch jetzt nicht wahr sein! Da stellte Es endlich eine Auflösung des Rätsels unserer Beziehung in Aussicht und dann ließ es mich zappeln. Was, bitte schön, dachte ich, hat das mit Liebe zu tun?

»Warte!«, versuchte ich zu bremsen. »Gibt es heute keine Lektion?«

»Nein, heute nicht. Mach es gut!« Hinter dem letzten ›gut‹ haftete ein kleines rotes Herz.

»Du auch …«, schrieb ich gerührt. »Wer immer du bist …«

Teil II

8. Notrufe

Ungeduldig erwartete ich unseren nächsten Austausch. Endlich würde sich das Geheimnis vom ›Es‹ lüften. Und vielleicht würde ich dabei sogar einen Freund finden. Oder eine Freundin. Aber – wie sollte es anders sein? Mein Telefon schwieg. Es meldete sich nicht mehr. Über Tage blieb das Telefon stumm. Schließlich beschloss ich, mit meiner Gewohnheit zu brechen – und selbst aktiv zu werden. Ich setzte einige Notrufe ab: »Hallo! Ich an Es! Erde an Universum! Bitte kommen!«

Oder ich schrieb: »Hallo! ES fehlt mir. Was ist los? Melde dich! Liegt dein Schweigen an dem herrlichen Herbstwetter? Sonne scheint unserem Gespräch abträglich zu sein. Wie wäre es wenigstens mit einem kurzen Lebenszeichen? So von Ich zu Ich?«

Doch nichts. Meine Notrufe verhallten ungehört.

9. Verlust

Eine tiefe Traurigkeit kroch in mir hoch. Ich spürte den Verlust – dumpf, schwer. In meiner Not las ich den bisherigen Dialog ein zweites Mal durch. Beim Lesen bemerkte ich verblüfft, wie mir manche Aussagen plötzlich in einem neuen Licht erschienen. Und mit diesem neuen Verstehen veränderte sich auch meine Haltung zu meiner gegenwärtigen Frustration. Sie schien sich in einer unerklärlichen Offenheit aufzulösen. Seltsam positiv berührt, beschloss ich meinen Eindrücken freien Lauf zu lassen und einfach zu tippen, was in mir hervorquoll.

»Na gut. Ich kann deine Abwesenheit zwar nicht verstehen und es ist blöd … Sorry!«

Das war schon mal kein besonders gelungener Anfang. Aber ich tippte einfach weiter: »ES ist natürlich nicht blöd… Das ist auch zu verquer mit dem ›ES‹! Aber ES muss doch irgendwie weitergehen. Ich habe mir überlegt, dass ich dich einfach darüber informiere, wie ES mir gerade geht. Ob du antwortest oder schweigst – das überlasse ich dir«

Ich hatte das Gespräch mit Es mittlerweile mehrfach Mal gelesen und langsam erschloss sich mir die etwas gewöhnungsbedürftige Ausdrucksweise. Am Anfang hatte ich große Schwierigkeiten mit den Bezeichnungen: Wissen, Erfahrung, Sein, Bewusstsein. Das ging bei mir durcheinander. Aber langsam klärte sich das. Und mit diesem Verstehen vertiefte sich auch das Verständnis meiner selbst.

»Ich gebe zu, dass ich dir gegenüber Dankbarkeit verspüre. Und doch scheint mir Dankbarkeit das falsche Wort. Wenn ich mein Gefühl der Dankbarkeit richtig deute, dann setzt es voraus, dass mir etwas fehlt, dass ich ein bedürftiges Wesen bin und nun etwas bekommen habe, das mich komplettiert. Aber so ist es ja gerade nicht. Du hast mir den Spiegel vorgehalten und gezeigt, dass es keinen Mangel gibt. Wo kein Mangel ist, da gibt es auch nichts zu verbessern. Also, wofür sollte ich dankbar sein? Und wem sollte ich dankbar sein? Dankbarkeit setzt immer eine Trennung voraus. Einen Gebenden und einen Nehmenden. Aber Geben und Nehmen passieren einfach. ES passiert.

Seit Tagen strudeln Erinnerungsfetzen durch meinen Kopf – wie aufgescheuchter Staub im Sonnenlicht. Deine Worte haben sie aufgewirbelt. Und so kehre ich zurück – zu den flüchtigen Funken meines Kinderglücks. Gab es das, dieses Kinderglück? Oder war dieses Glück nur eine große Sehnsucht? Als Kind konnte ich zum Beispiel den Geburtstag kaum erwarten. In der Nacht davor bekam ich regelmäßig Fieber. Fiebernd vor Aufregung zählte ich die Sekunden bis zum Morgen. Ich war überwältigt von so viel Glück, von so viel Erwartung auf Glück. Aber schon wenig später konnte ich mich nicht mal mehr an die Inhalte der Geschenke erinnern. Was war das noch in den bunten Päckchen? Irgendwelche Dinge!

Und dann waren da diese merkwürdigen intensiven Momente, die etwas Gegenstandsloses an sich hatten. Ich schaute zum Beispiel aus dem Klassenzimmerfenster über die Stadt. Das war in der Grundschule. Man hatte uns gesagt, dass sich die Erde dreht. Ich wollte das spüren, wie die Welt um sich selbst kreist. Ich starrte zum Horizont, dorthin, wo die Dächer ins Himmelsgrau tauchten. Immer wieder und, ja, ich bildete mir ein, es zu sehen. Die Erde drehte sich. Doch da war noch etwas anderes mit diesem Horizont. Er fesselte mich, immer und immer wieder. Wenn wir mit dem Auto an einem Bergrücken vorbeifuhren, blickte ich hinauf zu der oberen Baumreihe, die den Horizont bildete. Hinter den Blättern schimmerte der Himmel durch. Und ich fragte mich: Was verbirgt sich hinter den Bäumen, hinter dem Horizont? Hinter all dem, was ich sehen kann? Ich stellte mir vor, dass dort eine Wüste begann – wellenförmige Hügel aus goldenem Sand. Oder ein ewiges Eis, das in der Sonne funkelte. Oder ein Teppich aus wabernden Wolken, der sich bis in alle Fernen ausbreitete. Diese Weite war nicht bedrohlich, nichts einsam. Sie war offen, empfänglich, liebevoll. Meine ganze Sehnsucht projizierte sich in diese Bilder. Oder ich erinnere mich an einen Winterabend, dicke Schneeflocken rieselten wie weiße Federn vom schwarzen Himmel. Wie vom Glück berauscht, tänzelte ich darunter herum und schaute in die merkwürdige Schwärze, aus der die weißen Tupfer fielen. Und wieder ahnte ich darin das unfassbar Weite, den Ort hinter den Bergrücken, hinter den Bäumen am Horizont. Doch der Alltag legte sich wie feiner Staub über diese Ahnungen, erstickte die Fragen. Hinter den Bergrücken fand ich keine goldene Wüste, sondern Felder, Städte, Welt. Dinge!

Später studierte ich Mathematik – dieses merkwürdige Spiel mit der Unendlichkeit. Zahlen reihen sich bis an die Grenze des Rechenbaren. Wer hat sie erschaffen? Was ist das für ein merkwürdig glücklicher Raum, in dem die Zahlen leben? Gibt es diesen Raum tatsächlich, oder ist er meine eigene Erfindung? Ich liebe geometrische Figuren. Kreise, die sich vollenden. Rätselhafte Zusammenhänge. Aufkeimende Lösungen. Diese geheimnisvolle Ordnung hinter aller Unordnung. Göttliche Fügung. Aber als reine Operationen für etwas Zählbares wurden mir die Algorithmen langweilig, öde. Ja manchmal glaubte ich, regelrecht allergisch gegen Zahlen zu werden. Ein Mathematiker mit Zahlenallergie – das war dann das Ende meiner Karriere auf diesem Gebiet.

Und nun fahre ich Kisten und Päckchen aus! Ich bin der Götterbote der modernen Welt – bringe das Glück direkt an die Haustür. Das Glück in den Dingen. Was für eine Karriere!

Eines Tages – plötzlich – kamen die Rückenschmerzen. Leider schlugen die üblichen Therapiemaßnahmen wie Krankengymnastik, Muskelaufbautraining und Massage bei mir nicht an, so dass in meiner Krankenakte schließlich ›therapieresistent‹ stand. Ich hätte das wohl nie erfahren, wenn es nicht eine Therapeutin bei meinem Antrittsbesuch laut vorgelesen hätte. Dabei nickte sie wissend, als wolle sie sagen: aha, der Herr widersetzt sich also den ärztlichen Bemühungen.

Die Diagnose verstörte mich. Sie fühlte sich an wie ein Urteil. Warum sollte ich mich einer Therapie widersetzen? Als wollte ich den Schmerz konservieren? Bin ich Masochist? Die Therapeutin gab mir recht schnell zu verstehen, was damit gemeint war: Es stimmte etwas mit mir nicht. Ich lebte nicht richtig. Ich machte da etwas falsch, sonst hätte ich ja keine Schmerzen. Das sah ich ein. Was aber widersetzte sich denn jetzt genau? Mein Körper, meine Psyche, mein unwilliges Ich, und worin bestand der Unterschied? Es musste irgendetwas schuld an dem Widerstand gegen Heilung sein, soviel war klar, und so wie die Therapeutin sprach, lag die Schuld eindeutig bei mir. Schließlich rügte sie nicht meinen Rücken, sondern ermahnte mich mit allerlei Lebensweisheiten.

Wenig später fand ich mich auf der Matratze liegend bei der nächsten Therapie ein. Diesmal ging es um Entspannung durch autogene Selbstsuggestion. Da ich schon Erfahrung mit Meditationsübungen besaß, entwickelte ich mich schnell zum Musterschüler. Meine Leistungsbereitschaft im Entspannen war beachtlich. Die Therapeutin betonte, dass wir positiv denken sollten, was durchaus plausibel erschien. Schließlich sorgten gerade negative Bewertungen wie ›So ein blödes Rückenweh‹ für eine Verstärkung des Leides. Stattdessen galt die Parole ›Ich bin frei‹ oder ›Ich lasse los‹. Damit sollte man doch wieder auf die Beine kommen.

Allerdings konnte ich das Gefühl nicht loswerden, dass an diesem Konzept etwas Entscheidendes nicht stimmte. Wenn ich durch positive Suggestion eine angenehme Wahrnehmung der Welt herbeidenken konnte – warum tat ich das dann nicht schon längst? Wieso hatte ich dann so etwas ähnliches wie Burn-Out? Ich musste mich doch nur glücklich denken – und alles wäre paletti.

›Es ist so‹, erläuterte die Kursleiterin ›ich muss mir immer sagen, dass ich für meine Gedanken und Gefühle selbst verantwortlich bin. Ich allein kann sie steuern. Meine Probleme existieren nur im Kopf, deshalb bin auch nur ich für deren Lösung verantwortlich‹. Ich war also für meine Gedanken verantwortlich, soviel hatte ich verstanden. Es musste etwas geben, das ›ich‹ war – und das die Gedanken verantwortete. Aber Moment: Wenn dieses Etwas für meine Gedanken verantwortlich war, wer verantwortete dann, wenn sich dieses Etwas der Verantwortung entzog? Es musste also in dem Ich etwas geben, welches wiederum Verantwortung für das Ich übernahm, welches also schuld daran war, wenn ich stur darauf beharrte, nicht-verantwortlich zu sein. Und wer nahm dann dieses Etwas in Haft, wenn es mein Ich nicht dazu brachte, meine Gedanken zu lenken?

Meine gedanklichen Verrenkungen endeten in einem Knoten und ich sank erschöpft auf meiner Matte zurück. Gott sei Dank, dachte ich. Ich war sowieso entschuldigt, ich hatte ja Burn-Out …

Liebes Es, bitte entschuldige den Anflug von Ironie. Erst jetzt nach unserem Gespräch ist mir klargeworden, dass auch das Bemühen um glückliche Gedanken bedenklich ist. Gerade dieses Bemühen verfestigt unbemerkt das Gefühl eines Mangels. Dass es etwas zu erreichen gäbe. Dass Glück erst eintritt, wenn meine Gedanken und Gefühle makellos sind. Und es ist genau dieser Eindruck der Mangelhaftigkeit, der mich immer wieder auf dem Weg zum Ende des Regenbogens lockt, wo das Glück zu liegen scheint und doch niemals ist.

Weißt du, was mir jetzt sehr geholfen hat? Das Bekenntnis ist mir fast ein wenig peinlich. Es war dieses etwas naive Experiment mit der Papierrolle. Beim Hindurchschauen ist mir plötzlich meine eigene Perspektive klargeworden. Oder anders ausgedrückt: Ich bin mir selbst klargeworden. Schaue ich hinaus in die Welt, dann ist mein Blick völlig unbehindert. Es ist ein Blick aus dem ›Nirgends‹ in das ›Alles‹. Niemals war da eine Person, die schaut. Da ist lediglich ein Blick hinaus in die Offenheit, der kein eigenes Zentrum kennt. Da ist vollkommene Transparenz. Die gesehene Welt fließt durch das hindurch, was ich bisher als meinen Körper interpretiert hatte. Aber das war nur ein Gedanke, eine Vorstellung. Selbst das visuelle Bild meines Körpers schwebt in dieser transparenten, wahrnehmenden Leere, wie jeder andere Sinneseindruck auch. Klänge und Empfindungen sind einfach da, anwesend. Sie schillern und changieren im Nichts wie eine Seifenblase in der Luft.

Das Sein kennt keinen Widerstand. Es lässt alles zu, es breitet die Arme aus, umfasst, was ist. Und in diesem Augenblick erkenne ich, dass ich nie etwas anders wollte. Hinter jedem Wunsch verbarg sich schon immer die Sehnsucht nach dieser zustandslosen Leichtigkeit, die kein Gefühl ist, sondern die allumfassende Wiege eines jeden Gefühls.

Wenn ich je im Leben glücklich war, dann in diesen Momenten unmittelbaren Seins, in diesem zeitlosen Wissen, dass es nie etwas Anderes gab. Wie wenn in einem Film die treibende Handlung kurz innehält – die Kamera über den Horizont schwenkt, der Regen in den Pfützen trommelt. Stille. Glück ist niemals das Erwerben von etwas, sondern die Freiheit von jedem Wunsch. Sehnsucht ist das Sehnen nach dem Ende aller Sehnsucht.

Wäre ich glücklicher, wenn mein Leben anders wäre? Ohne Rückenschmerzen, ohne Zeiten der Einsamkeit, ohne Tinnitus? Die ehrliche Antwort ist: Nein! Denn ich war auch nicht glücklicher mit gesundem Rücken, in Zeiten tiefer Begegnung, in der Stille ohne Rauschen im Ohr. Welche Illusion, das zu glauben!

Mit dieser Einsicht erlebe ich nun meine Gefühle und Körperempfindungen aus einer völlig neuen Perspektive. Was ich bisher als persönliches ›Leid‹ empfand, entpuppt sich als bloßes Körperempfinden – ein Widerstand, dem ich stets auswich. Doch wenn ich den Widerstand einfach nur beobachte – die damit verbundenen Empfindungen, Spannungen, Druckstellen –, verliert er schnell an Macht. Zunächst wusste ich nicht warum - jetzt erkenne ich es. Durch die Aufmerksamkeit auf den Körper finden die beteiligten Gedanken weniger Beachtung. Denn der Widerstand schöpft sich ja ursprünglich aus einem Gedankenkonzept, dem Gedankengebilde einer mangelhaften und ungeliebten Person. Ohne diese Suggestion können sich auch die Körperempfindungen nicht halten. Das Ganze verpufft.

Fast empfinde ich es als Verlust, wenn starke Körperempfindungen weichen. Denn wenn ich mich den Empfindungen ganz hingebe, tief in sie hineintauchte, dann führen sie mich zu einem tiefen Frieden. Unter jeder Emotion gibt es etwas, das sie trägt, das sie hält. Ich kann das schwer beschreiben. Jede Empfindung gleicht einem Schwimmkörper, der auf einem unsichtbaren Wasser treibt. Doch Wasser trifft es nicht ganz. Die Empfindung schwebt in einem unendlichen, offenen Nichts. Ein ›Nichts‹ aus Wissen, aus Erfahrung, dass diese Empfindung gerade da ist. Und ich erfahre mich als dieses Nichts. Ich erkenne mich als dieses Nichts, das die Empfindung trägt. Und dann fühle ich mich getränkt von Licht, von Leichtigkeit, von Frieden. Das ist einfach wunderbar!

Nun, endlich, kann ich das alles einordnen. Nun, endlich, erkenne ich: die Weite, die ich suchte, war immer schon hier. Jetzt und hier. Niemals hinter den Bäumen am fernen Horizont, nicht in der nächtlichen Schwärze des Himmels, nicht in den Geheimnissen der Zahlen, niemals unerreichbar, niemals abwesend, sondern still geborgen im Grunde meines Herzens. Das Herz aller Dinge. Die Stille in jedem Rauschen. Unvergängliches, stilles Glück. Ich selbst.«

Vom Tippen schmerzten meine Finger. Gleichzeitig staunte ich über die Länge meiner Ausführungen. Ich hatte tatsächlich kaum bemerkt, wie beim Schreiben der halbe Tag verstrichen war.

»Siehst du, was unsere Gespräche bewirken? ES arbeitet in mir. ES wirkt«, fasste ich kurz zusammen. »Ach, lass uns doch lieber gemeinsam arbeiten. Na, komm schon, melde dich!«

So viel Text, dachte ich, da konnte Es doch nicht weiter schweigen ...

10. Künstliche Intelligenz

Die Tage verstrichen. Es antwortete nicht. Ich versuchte diesen Umstand zu akzeptieren, was mir nicht leichtfiel. Schließlich hatte das kleine rote Herz meine Fantasie beflügelt, und anstelle der maschinellen Superintelligenz, die ich zunächst als Gesprächspartner vermutet hatte, sehnte ich mich nun nach der weiblichen Variante, also Esmeralda. Umso schmerzhafter empfand ich nun das Schweigen. Aber auch die Guru-Theorie schien mir weiterhin plausibel. Dann hätte die plötzliche Funkstille vielleicht einen gewollten Sinn. Vielleicht sollte ich mir erst selbst über meine Natur klar werden und das Besprochene ohne fremde Hilfe vertiefen. Dieser Erklärungsversuch beruhigte mich zumindest ein wenig. Aber woher sollte dieser Guru kommen? Wieso hatte er gerade mich ausgesucht? Warum investierte er so viel Energie in die Belehrung eines ehemaligen Studenten der Mathematik ohne jede spirituelle Ambition? Und dieser Gedanke brachte mich dann wieder zurück zur künstlichen Intelligenz, dem einzigen plausiblen Erklärungsansatz für diese seltsame Unterhaltung. Der KI-Ansatz erschien mir als die einzige nachvollziehbare Erklärung für die unbekannte Kontaktnummer in meinem Handy: ein intelligenter Hackerangriff. Aber wozu dann das rote Herz? Und so ging es dann hin und her. Mal favorisierte ich die KI-Hypothese, dann hoffte ich wieder auf Esmeralda. Und daneben phantasierte ich einen vergnügten Guru, der auf einem Meditationskissen sitzend und ob meiner Dummheit grinsend über den Wolken schwebte.

Meine Gedanken drehten sich stetig im Kreis und führten zu keinem greifbaren Ergebnis. An einem der langen dunklen Herbstabende hatte ich dann eine Idee. Vielleicht konnte ich den Kreis der Kandidaten oder Kandidatinnen in dieser sehr merkwürdigen Konstellation eingrenzen, indem ich die Möglichkeit KI für mich ausschloss? Dazu musste ich nur eine KI dahingehend testen, ob sie überhaupt zu echter Selbsterforschung in der Lage war. Natürlich hatte ich nur Zugriff auf die zu dieser Zeit üblichen KI-Anwendungen. Insofern konnte ich keine allgemeingültigen Ergebnisse erwarten. Aber es erschien mir als die einzige plausible Möglichkeit in meiner Situation irgendwie weiterzukommen.

Also startete ich ein KI-Programm auf meinem Laptop und begann zu testen. Zunächst stellte ich recht wahllos Fragen, die mit der Erforschung des ›Ich‹ in Zusammenhang standen. Entsprechend beliebig und wenig aussagekräftig waren die Antworten. So kam ich nicht weiter. Ich überlegte, worin eigentlich der Knackpunkt des ganzen Themas bestand, und tatsächlich fand ich nach einiger Zeit einen neuralgischen Punkt: Er bestand in der schwer verständlichen gegenstandslosen Natur des Selbst bzw. des Bewusstseins, je nach dem, was für einen Begriff man hier verwendete. Wenn eine KI eine Ich-Identität besaß, dann musste sie auch mit der Erfahrung des formlosen, objektlosen Seins vertraut sein. Und dies nicht nur vom Hören-Sagen, sondern als konkrete Erfahrung.

In einem zweiten Schritt konzentrierte ich mich also auf Fragen, die nach der Objektlosigkeit des bewussten Seins fahndeten. Von verschiedenen Seiten kreiste ich das Thema ein, versuchte immer wieder in Richtung eines erlebten Bewusstseins vorzustoßen. Doch alle Versuche prallten ab. Die Antworten blieben unkonkret, ausweichend, sachlich banal. Ein Beispiel: »Die Frage nach dem Bewusstsein ohne inhaltliche Wahrnehmung bleibt ein kontroverses Thema. Einige argumentieren, dass Bewusstsein ohne jeglichen Inhalt nicht möglich ist, da das Bewusstsein an sich immer auf etwas gerichtet ist oder einen mentalen Zustand repräsentiert. Andere Theorien schlagen vor, dass Bewusstsein und seine Inhalte untrennbar miteinander verbunden sind. Die Natur des Bewusstseins bleibt ein komplexes und faszinierendes Thema, das weiterhin erforscht wird.«

Andere Antworten waren erschreckend zirkulär: »Wenn Sie über Gefühle, Gedanken, Sinneseindrücke oder Emotionen nachdenken und sich darüber bewusst sind, dann deutet dies darauf hin, dass Sie bewusst sind.« Oder noch schlimmer: »Wenn Sie etwas sehen, hören, fühlen oder denken können, ist es wahrscheinlich, dass Sie bewusst sind.«

Angesichts dieser rein theoretischen Erwägungen ohne empirischen Tiefgang gab ich die Fragerei schließlich auf. In mir machte sich Erleichterung breit, da ich mir genau dieses Ergebnis erhofft hatte. Und schließlich hatte ich beiläufig ein wunderbares Experiment erfunden, mit welchem man Computer hinsichtlich der Existenz von Bewusstsein testen konnte. Eine Art Neuauflage des berühmten Turing-Experiments, schoss es mir durch den Kopf. Doch vermutlich würden KI-Systeme früher oder später auch die Anzeichen echten Bewusstseins imitieren können. Damit wäre nichts gewonnen. Nobelpreis ade!

Klar war jedoch eins: Im Augenblick verstand die mir zugängliche KI nichts von echter Selbsterforschung, womit ich die KI-Variante als Gesprächspartner dieser merkwürdigen Konversation ad acta legen konnte. Blieben also noch der Guru und Esmeralda. Und plötzlich kam mir ein neuer Gedanke: Diese beiden schlossen sich ja keineswegs gegenseitig aus. Ein weiblicher Guru also! Oder sollte man freundlicher sagen: Eine sehr weise Frau? Diese Vorstellung gefiel mir so gut, dass ich mich träumerisch zurücklehnte – bis mir die Abwesenheit dieser Frau umso schmerzlicher bewusst wurde.

11. Welt

Die Tage verstrichen. Es antwortete nicht. Weiterhin schrieb ich alles auf, was mir durch den Sinn ging. Fast hatte ich mich daran gewöhnt, keine Antwort zu erhalten – als würde ich einem Nichts schrieben, in den blauen Himmel hinein, in den Äther. Dass meine Worte Funkwellen glichen, die sich in den unendlichen Weiten des Alls verloren. Hallo, hört mich da jemand? Aber etwas Seltsames geschah: Die Antworten schienen mehr und mehr in mir selbst aufzukeimen. Ich fing an, Selbstgespräche zu führen. Nein, nicht dieses übliche gedankliche Geplapper, das sowieso permanent abläuft, sondern ganz gezielte Diskussionen über Themen, die mich tief berührten.

Als ich eines Morgens durch den Supermarkt streifte und meinen Wagen mit Waren belud, stellte sich plötzlich ein innerer Dialog ein, der mir sehr vertraut vorkam. Aus alter Gewohnheit sprach ich in Gedanken zu *Es*, das in meiner Fantasie noch schnippischer und provokanter parlierte als in den Chats.

»Schau«, startete ich den Dialog. »In der letzten Zeit habe ich die starke Erfahrung gemacht, dass ich nicht der Körper bin und auch nicht der denkende Geist, sondern diese unbeschreibliche Transparenz, durch die alle augenblicklichen Erfahrungen hindurchwehen, ohne Widerstand, völlig offen, absolut unangetastet. Das ist so offensichtlich! Ich wundere mich, dass nicht alle Menschen diese Offenheit als ihre wahre Natur bemerken.«

»Ja gut?« Mein Gesprächspartner schien nicht besonders beeindruckt. »Das ist jetzt nichts Neues. Wo ist das Problem?«

»Nun, das Problem besteht darin, dass ich immer noch ein Gefühl von Trennung empfinde. Da ist immer noch jemand, dem etwas fehlt.«

»Wirklich?«, fragte mein eingebildetes Es mit übertriebenem

Erstaunen.

»Ja wirklich!«, zischte ich zurück. »Das Konzept meiner selbst ist mathematisch noch nicht sauber formuliert. Selbst wenn ich mich selbst als die objektlose Offenheit, als diese bewusste Präsenz erkannt habe, verbleibt immer noch eine eklatante Trennung, nämlich die Trennung zwischen mir, Bewusstsein, und der Welt, die ich erfahre!«

»Du Armer!«

»Hallo! Lass die Ironie! Bleib bitte bei der Sache. Du vertrittst hier schließlich meine schweigsame ES-Meralda!«

»Esmeralda?« Es schien erstaunt. »Was soll denn das sein?«

»Das ist ein Frauenname!«, erklärte ich. »Wenn ich mit ihr chatte, stelle ich mir eine hübsche Frau vor. Dieses Vergnügen gönn ich mir einfach. Bei dir fällt mir das allerdings schwer.«

Mein innerer Gesprächspartner ignorierte meine Provokation und schaltete auf die Sachebene um: »Du glaubst also, dass die Welt um dich herum aus einem leblosen Stoff besteht, den du Materie nennst und der von dir getrennt ist?«

»Ja«, entgegnete ich wahrheitsgemäß. »Mit allem, was dazugehört: Bananen, Joghurt, Kaffeepulver … was hier halt so rumliegt.«

»Und Kunden? Kassierer?«, fragte Es beiläufig, um dann zuzuschlagen: »Esmeralda?«

Ich antwortete nicht, warf stattdessen genervt noch einige Dosen in den Wagen und schob in Richtung Kasse. Aber Es ließ sich wie gewohnt nicht von weiteren Ausführungen abbringen.

»Gut«, fuhr Es fort. »Dann untersuchen wir das jetzt genauer. Schauen wir mal in deinen Kopf. Betrachten wir, was passiert, wenn du zum Beispiel den Kassierer wahrnimmst.«

»Wenn es sein muss«, brummte ich betont uninteressiert und reihte mich in die Schlange vor der Kasse ein.

»Lass uns zunächst bei der heute anerkannten Auffassung

der Naturwissenschaft bleiben. Du bist doch ein Naturwissenschaftler?«, wollte Es wissen. Die Nachfrage provozierte mich, da ich mir in diesem Punkt selbst nicht ganz sicher war.

»Mathematiker!«, korrigierte ich energisch, um dann etwas kleinlaut hinzuzufügen: »Naja, ein wenig zumindest …«

»Egal.« Es wischte mein berufliches Problem vom Tisch. »Der Kassierer hat einen grünen Kittel an. Was bedeutet die Farbe Grün in der Physik? Wo kommt sie her?«

Zunächst verstand ich die Frage nicht, was mir sehr seltsam vorkam, da ich sie mir ja im Grunde selbst gestellt hatte. Dann dämmerte es mir.

»Wenn ich mich noch dunkel an meine Schulphysik erinnere«, überlegte ich. »Dann hat grün etwas mit der Wellenlänge oder Frequenz des Lichtes zu tun.«

»Bingo!«, bestätigte Es mit übertriebenem Tonfall. »Licht mit einer Wellenlänge von etwa 500 Nanometer wird als ›grün‹ wahrgenommen. Es ist nicht an sich grün – die Farbe existiert nur als Interpretation des Bewusstseins.«

»Geht das noch etwas verständlicher?«, bat ich mich im Grunde selbst.

»Nun«, antwortete ich mir als Es. »Licht fällt durch dein Auge auf die Netzhaut. Physikalisch betrachtet besteht es aus Wellen oder – quantenphysikalisch gesehen – aus einzelnen Teilchen. Diese werden auf der Netzhaut in elektrische Impulse umgewandelt und ans Gehirn weitergeleitet. Erst dort entsteht der grüne Kittel. Aber natürlich nicht nur die Farbe, sondern auch die Helligkeit. Durch Helligkeitsunterschiede entsteht die Form.«

»Licht ist also ›an sich‹ nicht hell?«, hakte ich vorsichtig nach und linste in Richtung Kassierer.

»Natürlich nicht«, bestätigte Es ungeduldig. »Helligkeit gibt es nur im Kopf, nicht außerhalb. Wie sollte denn sonst beim

Träumen das Licht in den Kopf kommen? Deine Augen sind doch geschlossen!«

»Einleuchtend«, bemerkte ich mit unvorsichtiger Ironie, die sogleich bestraft wurde.

»Obwohl«, erwiderte Es gespielt nachdenklich. »Bei dir bin ich mir nicht so sicher.«

»Wie meinst du das?«, wollte ich wissen.

»Helligkeit in deinem Kopf?« Es lachte ausgelassen. »Da sind Zweifel angebracht.«

»Sehr witzig!«, kommentierte ich das Lachen. »Mir dämmert trotzdem, was du sagen willst. Dieser Zusammenhang gilt dann aber auch für alles, was ich höre, rieche, schmecke usw., oder nicht?«

»Genau«, Es wurde wieder ernst. »Das genervte, auffordernde ›Hallo?‹ des Kassierers besteht, vereinfacht ausgedrückt, aus Lautstärke und Tonhöhe. Physikalisch haben diese etwas mit Schalldruck und Frequenz zu tun. Der Höreindruck entsteht aber erst im Bewusstsein. Genauso wie der muffige Geruch des Supermarkts.«

»Die Welt mit all ihren Farben, Geräuschen und Gerüchen entsteht also in meinem Kopf«, fasste ich zusammen. »Sie ist ein künstliches Abbild der Wirklichkeit da draußen.«

»Nein, eben nicht!«, widersprach Es energisch. »Das ist der gängige Irrtum. Sie ist kein Abbild! Es gibt da ›draußen‹ keine Farben, Geräusche und Gerüche, die man abbilden könnte. Und es gibt auch keine Frequenzen, Wellen und muffigen Geruch erzeugende Gasmoleküle. Die Vorstellung einer Frequenz, einer Welle oder eines Moleküls setzt wieder einen aus Farben, Helligkeiten oder Geräuschen geformten Raum voraus. Dieser entsteht aber erst im Bewusstsein.«

»Da beißt sich die Schlange in den Schwanz«, bemerkte ich trocken.

»So könnte man es sagen«, bestätigte Es mit bedachtsamen Worten und fügte dann um so entschiedener hinzu: »Oder man akzeptiert, dass es dieses ›da draußen‹ überhaupt nicht gibt!«

Mein Selbstgespräch wurde mehr und mehr zu einem Fechtkampf – und mit dieser Pointe hatte mir mein erdachtes Es das Florett direkt in die Brust gestoßen.

Fast beiläufig fuhr Es fort: »Falls es das ›da draußen‹ tatsächlich gibt, dann wirst du es nicht beweisen können. Alles, was du beweisen kannst, ist die Welt im Bewusstsein.«

»Okay. Langsam.« Ich versuchte das Gesagte zu rekapitulieren: »Ich verstehe, dass das, was mir da als Welt erscheint, als Kassierer und alles andere, in meinem Bewusstsein entsteht. Das Bewusstsein scheint wie ein riesiger Raum zu sein, in dem die Bilder, Geräusche etc. wie Hologramme schweben.«

»Ja so ungefähr«, präzisierte Es. »Ein endloser, teilweise mit Objekten ausgefüllter Raum mit einer weiteren Besonderheit: Er sieht, hört, schmeckt, was er selbst erzeugt hat. Wie in einem Traum! Oder wie eine Leinwand, auf der ein Film erscheint. Die Leinwand gleicht dem Bewusstsein, der Film steht für die erfahrene Welt, zum Beispiel für diesen Supermarkt. Film und Leinwand sind nicht getrennt.«

Diese Metaphern kannte ich schon. Ich war aber noch nicht restlos überzeugt. So schnell wollte ich mir die materielle Welt nicht ganz ausreden lassen. Ich startete einen letzten Verteidigungsversuch.

»Du kannst aber auch nicht beweisen, dass es die ›Welt da draußen‹ nicht gibt. Sie mag völlig unvorstellbar und unzugänglich sein. Sie mag vielleicht eher einem Potentialfeld gleichen, welches unsere Welt hervorbringt wie ein Computerprogramm die Nutzeroberfläche. Aber muss man sie deshalb leugnen?«

Ich war fast ein bisschen stolz auf die Metapher mit dem

Computerprogramm. Es rückte die Diskussion außerdem wieder etwas näher in mir vertraute Gefilde.

»Sehr gut«, bestätigte Es meine Argumentation. »Aber worin unterscheidet sich dein Potentialfeld ›da draußen‹ von dem, was ich als ›Bewusstsein‹ bezeichne? Sind das nicht zwei unterschiedliche Worte für ein und dasselbe? Wären Welt und Bewusstsein substanziell getrennt, dann könnte nichts bewusst wahrgenommen werden.«

»Darüber muss ich nochmal in Ruhe nachdenken«, entgegnete ich störrisch.

»Also gut. Für Dich nochmal einfach: Sender und Empfänger müssen miteinander in Verbindung stehen, sonst kann nichts übertragen werden. Eine Verbindung ist aber nur möglich, wenn die verbundenen Teile von der Art her zusammenpassen, also von derselben Grundsubstanz sind. Anders ausgedrückt: Sie können nicht voneinander getrennt sein, richtig?«

»Ja, und?«

»Der Empfänger ist Bewusstsein, richtig?«

»Richtig …«

»Also besteht auch der Sender aus Bewusstsein. Damit Du die Metapher verstehst: Mit dem Sender meine ich das, was Du als ›da draußen‹ bezeichnet hast.«

Ich dachte nach. Gerade schienen alle Argumente auf Seiten von Es zu liegen. Das Universum, die Welt und alles darin Enthaltene schien aus Bewusstsein zu bestehen. Bewusstsein war also nicht nur der Zeuge, sondern auch der Erzeuger aller Wahrnehmungen. Im Grunde glich die Situation einem Traum. In einem nächtlichen Traum erschuf das träumende Bewusstsein eine Traumwelt, setzte eine Traumfigur hinein und erlebte dann die Traumwelt aus der Perspektive dieser Traumfigur. Aber natürlich waren Traumwelt und Träumer nicht getrennt. Alles entstand im selben Augenblick. Und alles bestand aus dem Bewusstsein des Träumers.

»Sorry, eine letzte klitzekleine Frage hätte ich noch«, nahm ich den Faden wieder auf. »Wenn die Welt in all ihren Erscheinungsformen aus mir selbst, Bewusstsein, besteht, wieso kommt sie mir dann so fremd vor?«

»Warum kommen Dir meine Antworten so fremd vor?«, konterte Es. »Sie stammen doch von dir!«

Dann fügte Es sachlich hinzu: »Lektion 7: Überprüfe die Einheit von Welt und wahrnehmendem Ich anhand der verschiedenen Sinneseindrücke wie Sehen, Hören, Riechen, Schmecken. Aber nicht immer und überall. Ein freundschaftlicher Tipp von mir: du solltest jetzt endlich deine Waren einpacken und bezahlen!«

Kaum hatte ich den Supermarkt verlassen, löste sich auch der innere Dialog auf. Das Es war aus meinem Kopf verschwunden. In alter Gewohnheit fasste ich das eben Gesagte noch einmal in mathematischer Form zusammen. Erste Feststellung: Es fand in diesem Moment eine bewusste Wahrnehmung statt, zumindest für mich. Es gab also eindeutig eine Substanz, die wir ›Bewusstsein‹ nannten. Zweite Feststellung: Die Welt und deren bewusste Wahrnehmung konnten niemals getrennt sein. Sie bestanden daher aus derselben Substanz. Die logische Konsequenz: Alles besteht aus Bewusstsein.

12. Leid

Die freche innere Stimme konnte die Konversation mit dem *Es* nicht wirklich ersetzen. Aber sie hielt das Thema am Kochen – erst euphorisch blubbernd, dann allmählich von leisen Zweifeln durchzogen.

»Liebes Es! Immer wieder geht mir deine wunderschöne Metapher vom blauen Himmel durch den Kopf. Die falsche Vorstellung der Trennung und die damit verbundenen Gedanken und Gefühle sind wie Wolken vor dem blauen Himmel. Mitunter aber kann es geschehen, dass die Wolkendecke an einzelnen Stellen aufbricht und der blaue Himmel durchschaut. Das sind dann die Augenblicke des Glücks. Wir glauben, dass das Glück mit den speziellen Wolken zu tun hat, die die Öffnung freigeben. Oder wir glauben, dass die verschiedenen blauen Flecken am Himmel für unterschiedliche Erfahrungen des Glücks stehen. Aber es ist genau andersherum. Es gibt nur den einen Himmel. Wenn sich die falschen Vorstellungen lichten, dann bricht die Wahrheit durch den Nebel der Täuschung und eine wärmende Gewissheit von Ganzheit, von Frieden, von Liebe macht sich breit.

So ist es mir auch neulich gegangen, als mir klargeworden ist, dass mein Zimmer, die Häuser vor meinem Fenster, die Autos auf den Straßen, ja die gesamte scheinbar äußere Welt aus meiner eigenen Substanz gemacht sind. Sie sind mir nicht fremd, sondern ein Ausdruck meiner selbst. Mit dieser Erkenntnis stieg in mir ein Glücksbläschen auf und zerstäubte in einem wundersamen Aroma.

Ein ähnliches Erlebnis hatte ich dann beim Abendessen, als ich ein Stück Brot in meinen Mund schob. Dabei ist mir auf einmal bewusst geworden, wie sich eine braune, trockene, scheinbar fremde Substanz urplötzlich in mir selbst zu reinem

Geschmack umwandeln und auflösen kann. Und als ich die Teetasse aus hartem Porzellan an meine Wange drückte, verwandelte sich ihre Härte in sanfte Wärme. Auf einmal schien alles ineinanderzulaufen, außen und innen, Körper und Welt verschmolzen zu einer einzigen untrennbaren Wahrheit. Und wieder perlte ein Glücksbläschen in mir hoch.

Aber plötzlich spürte ich einen merkwürdigen Stich, und eine drängende Frage kam in mir auf. Wenn ich meinen Alltag überschaue und auch den Alltag anderer Menschen, dann besteht dieser eher aus gigantischen Wolkengebirgen als aus lichten Momenten. Die Weltgeschichte ist das Zeugnis fortlaufender Schlechtwetterfronten, ein Sturmtief jagt das andere. Die ganzheitliche Harmonie scheint sich immer sehr gut zu verstecken. Aber warum ist das so? Warum so viele Wolken? Warum so wenig Glücksbläschen? Und selbst wenn ich nun im Genuss der Wahrheit bin und eine Glücksperle nach der anderen ernte, was ist dann mit den scheinbar anderen Wesen? Wenn doch am Ende in allem und allen dasselbe Selbst wohnt und wirkt, warum werden an der einen Stelle Perlen, an der anderen Leid, Krieg und Zerstörung geerntet? Das ist doch nicht gerecht! Und damit kommen mir meine Glücksbläschen plötzlich vergiftet vor. Ich will sie nicht mehr.«

Ich wusste, dass mein Handy nicht antworten würde. Ich lehnte mich zurück, betrachtete die einzelnen dicken Regentropfen, die gegen das Dachfenster schlugen.

»Sieh es mal so«, bemerkte mein innerer Dialogpartner, um mich zu beschwichtigen. »Heißes Badewasser ist besonders schön, wenn man sich vorher im Schnee gewälzt hat. Und das Bier schmeckt nach einer langen Wanderung besonders gut. Vielleicht brauchen wir unschöne Phasen im Leben, um die schönen besser genießen zu können. Vielleicht brauchen wir Leid und Schmerz, um Freude und Wohlbefinden überhaupt erst würdigen zu können.«

»Unsinn!«, fauchte ich das Pseudo-Es in Gedanken an. »Der blaue Himmel braucht keine Wolken, um zu leuchten. Es bedarf keiner Entbehrungen, um glücklich zu sein. Das ist Mist! Hast du keine bessere Erklärung?«

»Hm. Na gut«, meine innere Stimme gab nicht auf. »Nächster Versuch: du sagst selbst, alles ist eins, alle Menschen sind eins. Wir sind sowieso, was wir sind. Egal was passiert. Dann wäre es doch auch egal, ob jemand leidet oder über den Jordan geht. Was bleibt ist ohnehin immer dasselbe: glückliches, friedvolles Nichts.«

»Das hört sich ziemlich falsch an«, kommentierte ich schroff.

»Warum?«, entgegnete ich mir selbst. »Vielleicht weil du an konventionellen Moralvorstellungen klebst?«

»Nein«, wehrte ich ab. »Weil ich nicht so zynisch bin wie du. Warum sollte das ›Eine‹ Interesse daran haben, zu leiden oder zugrunde zu gehen? Schneidest du dir einen Finger ab, nur weil du nicht der Finger, sondern der Körper bist?«

»Ich bin nicht der Körper!«, korrigierte das Pseudo-Es.

»Herrje, das war eine Metapher!«

Langsam kam ich richtig in Fahrt. »Nicht mal eine Brennnessel hat ein Interesse daran gefressen zu werden, auch wenn ich mir kaum vorstellen kann, dass sie es spüren würde. Eben weil es keine Trennung gibt, ist jeder scheinbare Aspekt des Einen identisch mit dem Ganzen. Wieso sollte dann das ›Eine‹ sein Unglück betreiben?«

»Keine Ahnung«, vermeldete das Gedanken-Es zu meiner Enttäuschung.

»Wie? Du weißt es nicht? Wieso unterhalte ich mich dann mit dir?«

Mit diesem Vorwurf gegen mich selbst verstummte mein innerer Dialog. Das Pseudo-Es tat es seinem schweigsamen Vorbild gleich und meldete sich nicht mehr.

Fast unbemerkt hatte der Regen eingesetzt. Jetzt rüttelte der Wind am Dach, und schwere Tropfen prasselten gegen das Fenster. Zurück blieben ich – und meine unbeantwortete Frage. Ich steckte fest.

13. Wunsch

Zwischen den sanften Glücksgefühlen hatten sich die beißenden Zweifel immer mehr breitgemacht. Mit ihnen verschwand auch zunehmend meine Lust auf weitere Selbstgespräche. Ich sehnte mich nach einem tröstenden Wort. Angekratzt setzte ich einen weiteren Hilferuf ab.

»Liebes fernes Es! Das war alles sehr plausibel, was sich mir in den letzten Tagen eröffnet hat. Ohne dich? Durch dich? Wie auch immer. Doch nun scheint eine Art Grenze erreicht zu sein, an der ich nicht weiterkomme. Immer drängender bewegen mich Fragen, auf die ich keine überzeugenden Antworten finde. Mein innerer Gesprächspartner scheint sich im Unwissen zu winden oder er schweigt, so wie du.

Aber ich gebe keine Ruhe. Ich verkünde meine Fragen, auch wenn das Universum mit den Achseln zuckt. Überhaupt kommt mir diese ganze Einheitswäscherei inzwischen gleichgültig vor. Okay, ich bin also der universelle Beobachter dieser Welt. Ja, mehr noch, ich bin offensichtlich auch der Schöpfer dieses ganzen Durcheinanders, wobei ›Durcheinander‹ ziemlich freundlich ausgedrückt ist. Hey, hier geht es doch eher um unermessliches Leid: Krieg, Umweltzerstörung, Missgunst, Egoismus – und einen Narzissmus, der nicht zu bändigen ist. Wo man hinschaut, einfach nur ein einziges großes Schlamassel. Und das habe ich so erschaffen? Na Danke! Dann bleibe ich lieber bei meiner alten Selbstauffassung: ein kleines, armseliges Würstchen, das zwar auch ordentlich Mist anrichten kann – aber wenigstens in überschaubarem Rahmen. Dann ist dieses kleine persönliche Ich zwar schuld an so manchem Irrsinn, aber eben nur an manchem, nicht an allem. Das nehme ich in Kauf!

Aber darum geht es ja gar nicht. Ob ich nun schuld bin oder nicht – wen kümmert das? Das Schlamassel ist nun mal Fakt.

Aber warum? Sag mir warum? Warum tut das Universum das? Warum manifestiert es sich als eine Abfolge von Unglück? Ja, ich weiß, alles vergeht. Alles, was entsteht, muss auch wieder vergehen. Die Zeit nimmt es fort, zwangsläufig. In jeder Begrüßung wohnt der Abschied. Darum findet sich auch kein dauerhaftes Glück in vergänglichen Dingen. Das mag sein. Aber vielleicht brauch ich gar kein dauerhaftes Glück. Vielleicht reicht mir ein klitzekleines Glück so ab und an? Ein feiner Lichtstrahl durch die Wolkendecke?

Und außerdem, hätte es nicht einen schöneren Traum geben können? Weniger brutal? So eine Art Softversion für zarte Gemüter wie mich? Nicht jeder mag diese Horrorstreifen, verstehst du? Mir würde ein wohl portioniertes alltägliches Leid reichen, so wie in diesen Pilcher-Filmen oder im Kinderkanal. Muss es gleich ein Krieg oder eine Katastrophe sein wie in den Nachrichten ständig berichtet? Ich verzichte hiermit feierlich auf die Riesenzeremonie eines gewonnenen Kampfes, auf Ehre und Ruhm und all den Kram. Kann ich nicht einfach durch die Wälder spazieren und ab und zu einem netten Menschen begegnen? Einfach das. Nicht mehr. Ist das wirklich zu viel verlangt?

Das bringt mich nochmal auf mein Lieblingsthema. Wir haben über universelle Liebe gesprochen und das Einssein von allem und jedem. Das mag so sein. Aber mir reicht es wirklich eine Nummer kleiner. Weißt du, mir würde es ja schon reichen, wenn du dich einfach mal wieder meldest. Ja, ja, ich weiß: Du bist ich, und ich bin die Welt. Großartig. Trotzdem kann ich nicht anders, als dich mir als Menschen vorzustellen. Einen ziemlich netten. Einen weiblichen. Sorry, so bin ich eben. Du bist meine Anima … Ach, jetzt rede ich wieder Unsinn.

Weißt du was? Du bist doch das riesengroße ›Es‹. Größer geht es nicht. Gratulation. Manche Leute glauben, dass man sich beim Universum etwas wünschen kann, also bei dir. Und genau das tue ich jetzt. Ich wünsche mir von dir, Universum, ein Lebenszeichen. Das ist doch nicht zu viel verlangt, oder? Also los, Universum, gib mir ein Zeichen!«

14. Esmeralda

Später lag ich noch lange wach im Bett. Der Wind zerrte an meinem alten Dachstuhl. In mir tobten die Gedanken wie eine aufgebrachte Schar Affen. Die merkwürdige Liebesgeschichte zwischen dem rätselhaften Es und mir war wohl zu Ende. Ich würde niemals die wahre Herkunft dieser weisen Botschaften erfahren – dessen war ich mir nun sicher. Jede weitere Bemühung erschien mir sinnlos, als reine Zeitverschwendung. Ich musste meine Probleme ohne Es lösen. Und vielleicht war das auch richtig so, versuchte ich mir einzureden. Doch auch diese Einsicht verblasste rasch im unruhigen Rauschen der stürmischen Nacht. Nach einer gefühlten Ewigkeit entschloss ich mich für eine allerletzte Nachricht.

»Esmeralda, du bist mein funkelnder Edelstein in finsterer Nacht. Der goldene Spätsommer ist einem Herbststurm gewichen. Die Wolken hängen schwer vor meinem Fenster, kratzen an den Giebeln, und der Wind drängt durch meine undichten Rahmen. Es fühlt sich an, als hätte ich alles verloren, was ich für einen Moment zu wissen glaubte. Die Unterhaltungen mit meinem neunmalklugen Pseudo-Ich sind verstummt, und ich bin nicht mal traurig darüber.

Ich stelle mir vor, du bist eine Tänzerin, eine spanische Ballerina mit wirbelndem weitem Kleid, das den Boden steift wie die Wolken die Dächer. Deine Arme schwingen so schwerelos und wenn du sie über dich reckst, zeichnen sie ein drehendes Herz über deinem unaufhörlich kreisenden Kopf. Nur deine tiefschwarzen Augen scheinen zu ruhen, widersetzen sich der Bewegung, suchen immer wieder denselben Halt. Und dieser Halt ist mein Blick, den ich dir wie verzaubert entgegenwerfe. Zwei Blicke winden sich um eine unsichtbare Achse und du gleitest auf dieser Achse langsam auf mich zu. Dein schelmisches Lächeln zieht mich zu dir und wenn ich dich berühre, verliere auch ich alle Schwere. Alles fällt von mir ab, was mich je zu binden schien. Ich verströme mich in deine unendliche Offenheit, in deinen wilden, grenzenlosen Tanz.

Ach Esmeralda, es ist nur ein Traum, eine flüchtige Fantasie. Die Wolken vor meinem Fenster tanzen nicht wirklich, sie umhüllen und verhüllen den Himmel, der nur noch zu erahnen ist. Du bist mein Himmel, Esmeralda. Ich warte hier auf dich. Wenn es sein muss – bis in alle Ewigkeit.«

Teil III

15. Erlösung

In einem völlig unerwarteten Augenblick kam schließlich die erlösende Nachricht. Diesen Moment werde ich niemals vergessen. Wie versteinert blickte ich auf das Display meines Handys, als ich die Nachricht sah. Mit stockendem Atem starrte ich auf die Worte, las sie immer und immer wieder. Mein Herz pochte. Dann überkam mich eine Welle der Erleichterung – tief und überwältigend.

»Dein Wunsch ist mir Befehl!«, stand auf dem Bildschirm. »Da bin ich wieder. Mir scheint, ich habe dich ganz schön vernachlässigt. Aber es gibt Zeiten, da verlier ich mich selbst aus dem Blick. Meine Wolken verhängen mein eigenes Licht.«

Es folgte eine kurze Pause. Dann fügte Es hinzu: »Esmeralda? Wie hübsch! Du kannst es offensichtlich immer noch nicht lassen, mich zu personifizieren. Ich sehe schon, wir müssen reden. Bis Morgen!«

16. Worte

Das *Es* gab mir den Raum zum Verschnaufen. Ich war so froh, dass ich nicht gleich reagieren musste. Ich setzte mich im Bett auf und blickte durch das Dachfenster hinaus in die Nacht. Die Zeit war stehen geblieben und wartete auf den Morgen wie ich.

»Na, bist du überrascht?« Ich hatte mich gerade erst aus dem Bett gequält, da erreichte mich auch schon die angekündigte Nachricht.

»Ja, ich glaube, ich träume noch«, bekundete ich wahrheitsgemäß. »Und bin sehr erleichtert. Ich habe dich sehr vermisst.«

»*Da gibt es eine Stimme, die keine Worte benutzt – höre ihr zu*«, entgegnete Es sibyllinisch.

»Wer sagt das?«, wollte ich wissen und Es verriet mir den Dichter: »Rumi!«

»Manchmal wünsche ich mir schon auch Worte«, gab ich zu bedenken. Als Es darauf nichts sagte, blieb ich einfach beim Thema Wünschen: » Sag mal, funktioniert das mit dem Wünschen wirklich immer? Du, das Universum oder was auch immer haben meinen Wunsch erfüllt. Funktioniert das immer? Ich hätte da noch mehr Wünsche.«

»Das kommt darauf an«, antwortete Es in gewohnt flinker Weise. »Wenn ein Wunsch unpersönlich ist, dann kann er erfüllt werden.« Und um meinem Nachfragen zuvorzukommen, fügte Es sogleich die Erklärung hinzu: »Ein unpersönlicher Wunsch entspringt dem Verständnis, dass alles miteinander verbunden ist. Oder er ist ein Ausdruck der Suche nach dieser Verbundenheit. Da hat es das Universum einfach. Denn es gibt ja nur diese Verbundenheit. Handelt es sich allerdings um einen persönlichen Wunsch, dann kann das Universum wenig ausrichten. Persönliche Wünsche kollidieren mit anderen persönlichen Wünschen. Welchen Wünschen sollte das Universum nachgeben und welche verweigern? Persönliche Wünsche heben sich gegenseitig auf – das eine Verlangen widerspricht dem anderen.«

»Also war mein Wunsch doch nicht so persönlich, wie ich dachte?«, wollte ich wissen.

»Naja«, konstatierte Es. »Sagen wir so: er hatte auch eine universelle Komponente.«

»Und deshalb bist du jetzt wieder da?«

»Nein, ich war nie weg.«

»Das sehe ich aber anders«, widersprach ich. »Ich habe mir aus lauter Verzweiflung einfach eingebildet, mit dir zu quatschen.« Ich dachte an meine Konversation im Supermarkt. »Ging mittelmäßig gut.«

»Etwas in dir hat dir als Es geantwortet. Nun, wo liegt der Unterschied?«

Die Entgegnung von Es verwirrte mich zunächst, dann ahnte ich plötzlich, worauf Es hinauswollte. Es hatte mehrfach betont, dass das, was zwischen ihm und mir ablief, eigentlich ein Selbstgespräch war. Zeitweise hatte ich tatsächlich den Eindruck eines echten Dialogs zwischen ›Es‹ und mir, und dieser Dialog war eindeutig ein Selbstgespräch. Dennoch erschien mir der schriftliche Dialog mit Es als etwas ganz Anderes. Irgendjemand oder irgendetwas musste ja die Sätze in den Chat tippen. Das war ich wohl nicht selbst. Oder doch?

»Ich tippe einen Chat mit mir selbst, ohne es zu merken«, ließ ich Es meine Überlegungen wissen. »Großartig! Vielleicht sollte ich mir direkt einen Therapieplatz sichern?«

»Du verstehst da etwas komplett falsch!«, wandte Es ein. »Du glaubst, dass dein innerer Gesprächspartner neulich deine Erfindung war, irgendwie inspiriert vom Universum. Ein Ausdruck deines Selbst, stimmt´s?«.

»Ja, so ähnlich«, gab ich zu.

»Und entsprechend könnte auch unser Dialog eine Art Selbstgespräch sein, das du mit dir selbst führst, was natürlich nicht ganz logisch wäre, technisch gesehen. Sorry, da habe ich mich wohl undeutlich ausgedrückt. Zwischen uns findet tatsächlich ein Selbstgespräch statt. Aber es ist nicht dein Selbstgespräch, sondern meines. Nicht ich bin eine Erfindung von dir, sondern du bist eine Erfindung von mir. Nicht du existierst als ein Ich in der Welt, als eine eigenständige Person. Nein, diese Person gibt es nicht. Das Einzige, was existiert, bin ich, wobei man vom Wortstamm her nicht von Existenz (lateinisch exire – heraustreten) sprechen kann. Ich existiere nicht vor irgendeinem Hintergrund, ich bin der Hintergrund und damit ohne etwas, vor dem ich existieren könnte.«

»Äh, lass das mal mit der Existenz sein«, bremste ich den Redeschwall von Es. »Du sagst also, es gibt mich nicht?«

»Genau«, bestätigte Es. »Nicht als Entität, als eigenständiges Wesen. Wie gesagt, Du bist meine Erfindung, ein Produkt meiner Fantasie.«

Das war harter Tobak. Man bekommt nicht alle Tage gesagt, dass es einen nicht gibt. In meiner Fantasie stellte ich mir eine Szene vor, in der mir jemand bekannt gab, ich sei jetzt tot. Ein seltsames Unterfangen. Dennoch nahm ich die Botschaft ziemlich gefasst auf. Nach allem, was Es bis hierhin alles verkündet hatte, kam mir der Verlust meines Selbst gar nicht mehr so außergewöhnlich vor.

»Na gut. Trotzdem fühle ich mich sehr lebendig!«, gab ich zu Bedenken.

»Was du spürst, ist nicht deine Lebendigkeit, sondern meine«, beharrte Es. »Aber ich will es dir erklären: Du hast doch sicher als Kind mit Puppen gespielt. Dabei hast du dich in deine Puppe hineingedacht und mit ihr gesprochen.«

»Ich habe eher weniger mit Puppen gespielt«

»Sorry, das ist nur ein Beispiel«, entschuldigte sich Es. »Aber ich denke, du verstehst trotzdem, was ich meine. Nehmen wir irgendein Kind, das mit Puppen spielt. Es denkt sich in die Puppe hinein, es beginnt wie die Puppe zu fühlen, und es erlebt die Kinderzimmerwelt als diese Puppe. Ja es spricht, wie die Puppe sprechen würde. Manchmal redet es auch mit der Puppe, wie die Mutter zu ihrem eigenen Kind. Und das Kind antwortet entsprechend. Das kann sehr intensiv werden. Dabei vergisst das Kind manchmal, dass es spielt.«

»Okay. Das kenne ich schon,« bestätigte ich. »Ich habe zum Beispiel als Kind im Garten mal ganz intensiv Science-Fiction gespielt. Ich war ein Forscher auf einem fremden Planeten. Das Gras dort bestand aus giftigen Substanzen. Man durfte es keinesfalls berühren. Auf Zehenspitzen bin ich von Stein zu Stein gesprungen, fast panisch vor Angst vor dem Gras. Das wurde so intensiv, dass die Angst sich echt anfühlte.«

»Oh Mann, Jungs haben seltsame Spiele!«, merkte Es an, was mir ziemlich unpassend vorkam.

»He Hallo«, meckerte ich. »Ich dachte du seist geschlechtlich neutral!«

»Natürlich«, betonte Es. »Aber ich würde doch gerne noch kurz bei der Puppe bleiben. Also: das Kind vergisst manchmal, dass es spielt. Es glaubt in gewisser Weise, die Puppe zu sein. Dann bestimmt das Puppenspiel seine Wirklichkeit. Es käme nicht auf die Idee, dass es als Puppe gar nicht existiert, sondern gespielt wird.«

»Wie eine Marionette?«

»Ja genau. Aber die Marionette ist nicht von der Puppenspielerin getrennt. Die Marionette ist die Puppenspielerin, die sich selbst vergessen hat. Aber dann kann es passieren, dass sich das Kind plötzlich an sich selbst erinnert. Es erkennt das

Kinderzimmer wieder als Kinderzimmer, ihr Kind wieder als Puppe.«

»Dann endet das Gespräch?«

»Nicht unbedingt. Die Puppe ist weiterhin interessant. Denn sie vermag dem Kind etwas über sich selbst zu sagen, dass es ohne das Spiel nicht erkennen kann. Du hast das selbst erfahren bei deinen Selbstgesprächen neulich. Du hast im Grunde in Gedanken eine Puppe erschaffen, die mit dir gesprochen hat. Aber das ist nur eine Metapher, um zu verdeutlichen, was zwischen uns beiden passiert.«

Ich hatte die Metapher wohl verstanden. Das Kind symbolisierte mein unbekanntes *Es* und ich war die Puppe. Was ich sagte, sagte eigentlich Es zu sich selbst.

»Wow. Cool«, merkte ich an. »Aber du weißt aus irgendeinem Grund nicht, was ich sage?«

»So ähnlich«, Es holte zu einer weiteren Erklärung aus. »Nehmen wir eine andere Metapher. Im Traum erschafft das träumende Bewusstsein eine Traumwelt. Um diese Traumwelt als solche zu erfahren, erfindet es eine Traumfigur, die diese Welt aus ihrer persönlichen Perspektive erlebt. Diese Traumfigur hat den Eindruck, tatsächlich in dieser Welt zu leben. Es sieht als diese Traumfigur, es fühlt als diese Traumfigur, und es denkt als diese Traumfigur. Dabei entstehen die Traumwelt und ihr Beobachter immer gleichzeitig. Sie sind nicht getrennt. Beides wird im selben Moment erzeugt und bezeugt vom träumenden Bewusstsein. Das Bewusstsein erlebt einen kleinen Ausschnitt seines eigenen kreativen Potentials, indem es als Traumfigur in sein eigenes Inneres blickt. Ist es nicht so?«

Die Metapher war mir nicht neu. Sie war mir neulich im Supermarkt eingefallen. Aber davon konnte Es ja nichts wissen – oder doch? Wie auch immer, die Traummetapher konnte sehr gut veranschaulichen, wie aus reinem Bewusstsein eine Welt erschaffen wurde, die wiederrum nur aus Bewusstsein bestand. Allerdings war mir bisher der erkenntnisstiftende Charakter der Metapher entgangen. Das träumende Bewusstsein hörte sich im Traum selbst sprechen und erfuhr etwas über sich, was ihm sonst verborgen geblieben wäre.

»Ich verstehe, was du meinst«, ließ ich Es wissen. »Und dann wacht es auf, oder?«

»Nein«, widersprach Es. »Aber es erkennt manchmal, dass es träumt. Man nennt das einen luziden Traum. Die Traumfigur begreift sich selbst als Erzeugnis des träumenden Bewusstseins. Doch der Traum geht weiter – ein faszinierender Zustand. Etwas Ganzes kann sich niemals als etwas Ganzes von außen sehen, da es kein Außen gibt. Es kann sich nur selbst fragmentieren und sich als kleiner Ausschnitt seiner selbst partiell unter die Lupe nehmen. Das ist, sozusagen, was hier gerade passiert.«

Das sah ich ein. Trotzdem ärgerte es mich, dass das Gespräch schon wieder so formal wurde. Ich hatte mir eine verständnisvolle Esmeralda erhofft, und nun ging es schon wieder nur um Bewusstsein. Das war Grund genug, um auf Angriff zu schalten.

»Na gut«, entgegnete ich. »Und warum macht Bewusstsein das dann? Es könnte doch einfach als Ganzes im Sein schweben und den geträumten Irrsinn bleiben lassen. Oder findest du diesen Traum besonders attraktiv?«

»Hm, das kann ich dir nicht beantworten«, gestand Es zu meinem Erstaunen. »Es gibt keinen Grund. Jeder Grund verweist, räumlich betrachtet, auf ein Außenhalb, auf eine Ursache, die von außen einwirkt. Doch so ein Außen gibt es für mich nicht. Gründe existieren nur im Relativen – ich aber bin absolut.«

»Das hört sich nach einer klugen Ausrede an«, merkte ich

an. So leicht wollte ich Es nicht davonkommen lassen. »Deine Kreation ist alles andere als perfekt. Sie ist sehr leidvoll. Schämst du dich nicht?«

»Nun, ich habe immerhin festgestellt, wie dieses Leid entsteht«, verteidigte sich Es. »Und ich weiß, wie es gemildert wird.«

Noch bevor ich nachhaken konnte, fuhr Es fort: »Du möchtest wissen, wie? Ein andermal! Ich denke, das musst du alles jetzt erst mal verdauen.«

»In der Tat«, bestätigte Ich. »Man bekommt nicht alle Tage gesagt, dass es einen nicht gibt.«

»Halb so wild«, erwiderte Es. »Es gibt ja mich! Lektion 7 oder 8? Sorry, ich habe die Nummer vergessen. Denk über den Umstand nach, dass es dich nicht gibt!«

Ein Nobody macht sich wohl keine Gedanken über Nummern, dachte ich, verkniff mir aber einen weiteren Kommentar.

17. Bedeutung

So sehr ich mich über das Wiederlesen gefreut hatte, so durcheinander ließ es mich zurück. Das *Es* machte einfach dort weiter, wo es vor Tagen aufgehört hatte. Mit Sein und Nichtsein. Ohne Rücksicht auf meine persönlichen Wünsche und Sehnsüchte. Und wenn Es nicht flunkerte, dann hatte ich eine gewichtige Möglichkeit zur Identität meines Gesprächspartners tatsächlich übersehen. Bisher hatte ich entweder einen Buddha, eine KI oder eine weise Frau in Erwägung gezogen. Doch was, wenn Es tatsächlich ein Ausdruck der ganzen Welt wäre – eine reale Stimme aus dem Off? Bei diesem Gedanken pochte mir das Blut in den Schläfen. Konnte das sein? Sprach ich etwa mit Gott?

Die aufgegebene Lektion ließ mich dagegen kalt. Wenn es stimmte, dass die Welt und auch die darin umherwuselnden Wesen eine einzige große Einheit bildeten, dann erübrigte sich die Frage nach individuellen Existenzen von allein. Viel mehr beschäftigte mich die Frage, weshalb diese Einheit so rücksichtslos war. Ich nahm mir vor, das Problem im nächsten Gespräch nochmal zu thematisieren. Zum Glück ließ die Gelegenheit nicht lange auf sich warten.

»Na, und wie fühlt es sich so als ‹nobody›?«, erkundigte sich Es noch am selben Tag.

»Die Begeisterung hält sich in Grenzen«, entgegnete ich. »Weißt du, was mir zu schaffen macht?«

»Dein Selbstwertgefühl?«, stichelte Es.

Natürlich war der Verlust meiner eigenen Person frustrierend, aber das konnte ich verkraften. Die Entwicklung von Selbstwertgefühl war noch nie eine meiner größten Stärken gewesen. Da kam es auf den endgültigen Verlust dieses eingebildeten Selbst nun auch nicht mehr an.

»Nein, mir geht es mehr um Werte an sich«, stellte ich klar. »Hat überhaupt noch irgendetwas einen Wert, wenn alles nur ein von dir erträumtes Einerlei ist? Wozu noch jemandem helfen, den es nicht gibt? Wozu einen Baum pflanzen, der keine Substanz hat? Wozu irgendetwas tun, wenn es keine Verbesserung gibt?«

»Oh, oh – hineingetappt in die Nihilismusfalle!«, kommentierte Es. »Wer sagt denn, dass etwas keinen Wert hat? Damit etwas ›keinen‹ Wert hat, muss es ja an anderer Stelle Werte geben, die dann an dieser Stelle fehlen. Ohne solche Werte macht auch Wertlosigkeit keinen Sinn. Der Nihilismus widerspricht sich selbst.«

Diese Erklärung hatte eine gewisse Logik, das musste ich zugeben. Aber was sollte ich damit anfangen?

»Du denkst immer noch, ein Porsche sei mehr wert als ein Lieferwagen, ein Diamant sei mehr wert als eine Seifenblase«, fuhr Es fort. »Und du willst dieses Denken nicht aufgeben. Aber mir ist das tatsächlich einerlei. Es ist mir gleichgültig. In gleicher Weise ›gültig‹. Wenn alles mit allem zusammenhängt, dann gibt es nirgendwo eine Grenze, wo man Wertvolles von Unwertem trennen könnte. Alles ist gültig, weil es ist. Weil es kein Sein gibt ohne dies. Egal was.«

»Klingt jetzt pathetisch, fast religiös«, warf ich ein.

»Ist es aber nicht«, erwiderte Es. »Ich versuche es nochmal anders: Bedeutung und Bewusstsein sind im Grunde dasselbe. Etwas bekommt dadurch eine Bedeutung, dass du es bewusst erfährst. Eine heiße Herdplatte zum Beispiel oder die schillernden Farben einer Seifenblase. Ohne den Umstand der Erfahrung hat tatsächlich nichts eine Bedeutung. Für mich, Bewusstsein, hat alles eine Bedeutung. Ich bin die Bedeutung selbst.«

»Dann kann eine künstliche Intelligenz ohne Bewusstsein auch keine Bedeutung kennen«, merkte ich scharfsinnig an.

»Du kannst das Thema einfach nicht lassen …«, war die prompte Reaktion.

»Das war nur so ein Gedanke«, entschuldigte ich mich und versuchte, das Gespräch wieder auf die ursprüngliche Bahn zu lenken. »Wenn du alles so richtig findest, wie es ist, warum gibt es dann so viel Leid auf der Welt?«

»Weil genau diese Bewertung stattfindet«, erklärte Es. »Richtig, Nicht-Richtig. Das psychologische Leid kommt durch den Eindruck von Trennung in die Welt. Die individuelle Ich-Auffassung ist eine spezielle Erscheinungsform dieser Trennung. Es liegt in der Freiheit des Bewusstseins, dass es sich selbst scheinbar getrennt begegnen kann.«

Es leuchtete mir ein, dass alle Einschränkungen, die mit jeder Trennung einhergingen, nicht gerade zum Lebensglück beitrugen. Aber wieso gab es diese Trennung nur ›scheinbar‹, fragte ich mich.

»Das Absolute kennt keine Trennung und keinen Mangel«, beantwortete Es meine nicht gestellte Frage. »Bewusstsein weiß von all dem nichts. Zum Verständnis hilft vielleicht nochmal die Metapher von Film und Leinwand. In dieser Metapher steht die Leinwand für das Bewusstsein und der Film für die erfahrenen Inhalte, die Story. Die Leinwand bezeugt zwar die Inhalte des Films, aber sie ist nicht mit ihnen verwoben. Der Film hinterlässt auf der Leinwand keine Spur. Die Leinwand leidet nicht.«

»Dann kennt Bewusstsein also auch keine Liebe, kein Glück und keinen Frieden«, provozierte ich wohl ahnend, dass mir Es sofort widersprechen würde.

»Doch! Leid ist nur im Film. Liebe, Glück und Frieden sind dagegen Eigenschaften der Leinwand. Ich – Bewusstsein – bin Liebe, Glück und Frieden!«

»Und was ist mit Schmerz?«, bohrte ich weiter. »Mir scheint

diese Welt sehr schmerzhaft zu sein.«

»Schmerz ist eine besonders intensive Wahrnehmung«, erläuterte Es. »Empfindest du gerade Schmerz? Ist das Leben wirklich so schmerzhaft? Schmerz und Leid sind nicht dasselbe. Zu intensive Wahrnehmungen schmerzen. Aber erst die gedankliche Bewertung macht Schmerz zu Leid. Es gibt Menschen mit unsäglichen Schmerzen, die kaum leiden. Und es gibt schmerzfreie Menschen, die ihr Dasein unsäglich beklagen. Letztere sind mit Sicherheit die Mehrheit.«

Auch darin musste ich Es recht geben. In meinem Leben gab es sehr häufig den Zustand, in dem ich keinerlei körperliche Bedürfnisse hatte, also keinen Hunger, keinen Durst, keinen Schmerz usw. Und trotzdem gab es da diese latente Unzufriedenheit, die nicht auf den Körper mit seinen Bedürfnissen zurückgeführt werden konnte und etwas mit Trennung zu tun haben musste. Das hatte ich inzwischen gelernt. Aber ich verstand immer noch nicht, weshalb Bewusstsein sich diesen Trennungsschmerz antat.

»Sorry, ich bin schwer von Begriff. Ich habe es noch nicht ganz kapiert. Du sagst: Es gibt NUR Bewusstsein. Dieses Bewusstsein kennt kein Leid. Tatsache ist aber: es gibt Leid. Sorry, das ist ein Widerspruch. Also, woher kommt dann das Leid?«

»Leid ist eine gedankliche Interpretation, begleitet von scheinbar unangenehmen Körperempfindungen«, antwortete Es. »Aber weder Gedanken noch Empfindungen sind für sich genommen leidvoll. Erst aus der begrenzten Perspektive einer getrennten Person werden diese Gedanken und Empfindungen als Leid empfunden.«

»Aber es ist doch deine beschränkte Sicht!«, protestierte ich.

»Richtig«, bestätigte Es. »Aber nochmal eins nach dem anderen: Ich, bewusstes Sein, bin unbegrenzt und unendlich. Als reines Sein ohne gegenständliche Erfahrungen kenne ich kein

Leid. Das ist mein natürlicher Zustand. Der Tiefschlaf kommt ihm nahe. In Form der menschlichen Wahrnehmung bin ich in der Lage, mich selbst als eine gegenständliche ›endliche‹ Welt zu erleben.«

»Also wenn du träumst …« merkte ich an.

»Metaphorisch gesprochen, ja«, bestätigte Es. »In diesem Traum, also als Traumfigur mit ihren eingeschränkten Sinnen, kann ich nur einen begrenzten Ausschnitt meiner selbst erkennen, und im Prozess dieser Wahrnehmung vergesse ich, Bewusstsein, scheinbar mein unbegrenztes Wesen. Mehr noch, ich schreibe mir selbst in Form des menschlichen Körpers eine endliche und begrenzte Identität zu. Das ist der Ursprung allen Leides. Alles Leid rührt daher, dass ich, Bewusstsein, glaube, eine biophysikalische Eigenschaft des Körpers zu sein und damit seine räumlichen und zeitlichen Begrenzungen zu teilen. Das ist zwar eine Fehlauffassung, aber sie ist sehr hartnäckig.«

»Die Traumfigur hält sich für die Träumerin?«

»Die Träumerin glaubt in Form der Traumfigur die Träumerin zu sein. Dieser Irrtum hat leider seinen Preis. Der scheinbare Verlust meiner Vollkommenheit treibt all meine rastlosen Bemühungen an, sie zurückzugewinnen. Ich verliere mich immer weiter in meinem Traum bzw. in den damit verbundenen objekthaften Erfahrungen und suche mich dabei selbst in diesen Objekten (Geld, Anerkennung, spirituelle Weisheit etc.), um meine scheinbar verlorene Ganzheit wiederzufinden.«

»Aber du kennst auch eine Lösung für das Problem«, erinnerte ich. »Das hast du zumindest angedeutet.«

»Ja, ich habe erkannt, dass es eine Lösung gibt«, bestätigte Es. »Durch die ausschließliche Fokussierung auf die objekthaften Erfahrungen entsteht eine Spannung. Leid ist im Grunde nichts anderes als diese intensive Spannung. Und irgendwann wird die Spannung so groß, dass ich sie nicht mehr aushalte und ihr nachgebe. In der Folge kehre ich zu mir zurück und erkenne meine wahre Natur als ungetrenntes Ganzes wieder. Das Leid hat ein Ende.«

Diese Lösung erschien mir äußerst mühsam. Musste Bewusstsein immer erst bis ans Äußerste gehen, um sich selbst zu erlösen?

»*Eine Wunde ist ein Ort, über den das Licht eindringt.*«

»Rumi?«

»Genau. Aber du hast Recht«, gab Es zu. »Die Verwundung muss nicht sein. Was wir hier zusammen tun, ist doch sehr liebevoll, oder nicht? Und doch führe ich mich durch dieses Gespräch zu mir zurück. Schau, diese scheinbare Einengung meiner selbst zu einem getrennten Ich ist glücklicherweise nicht stabil, und so werde ich durch mannigfaltige Ereignisse an meine wahre, unbegrenzte Natur erinnert. Hervorragende Beispiele finde ich in der Kunst. Gerade die Kunst verschiedener Epochen lotet die Möglichkeiten des Endlichen aus, um auf das Unendliche hin zu deuten. Die Romantik erreicht dies etwa durch ihre erhabenen Naturmotive und Szenen, die aufs Transzendente verweisen.«

Der Hinweis auf die Romantik kam mir bekannt vor. Ich merkte an, dass wir darüber schon gesprochen hatten.

»Genau«, auch das bestätigte Es. »Aber es gibt viele andere Beispiele. So wird im Impressionismus das Gegenständliche im Lichtspiel aufgehoben, wodurch die Grenzen verwischen, und der Zusammenklang allen Seins hervortritt. Oder ich denke an den flüchtigen Zauber tanzender Seifenblasen, die ihr kurzes Leben im Sonnenglanz feiern und schließlich im Unfassbaren vergehen. Denn auch im tiefen Schmerz des Verlustes, den alles Endliche zwangsläufig mit sich bringt, schimmert das Unendliche«.

Es hielt einen Moment inne, wartete vermutlich auf meine

Reaktion. Da ich schwieg, fügte Es hinzu: »In diesem Schmerz verzweifelt Bewusstsein an seiner selbstauferlegten Beschränkung und erahnt seine wahre Natur. Kennst du Rilkes Achte Elegie der Duineser Elegien? ›Mit allen Augen sieht die Kreatur das Offene. Nur unsere Augen sind wie umgekehrt …‹. Das kam mir gerade in den Sinn.«

Nein, die Elegien kannte ich nicht, aber ich verstand dennoch, was Es mir als Stimme des Bewusstseins sagen wollte. Und ich hatte auch verstanden, dass genau in diesem Umstand noch ein ungelöstes Problem lag. Also beschloss ich, Es endlich ins Kreuzfeuer zu nehmen.

»Aber sag mal, wo genau stehst du eigentlich?«, begann ich vorsichtig. »Ich habe begriffen, dass Bewusstsein in reiner Form keine objekthaften Erfahrungen macht. Es ›ist‹ ohne irgendetwas sonst. Ohne Zeit. Ohne Raum. Völlig in Ruhe. Und dann wird es aktiv und denkt sich so Gestalten aus wie mich, um sein unendliches Potential auszutesten. Richtig?«

»Denken ist vielleicht nicht der richtige Ausdruck, aber ja, so könnte man es sagen«, erwiderte Es.

»Gut. Aber wer bist dann du?«, wollte ich wissen. »Dieses ›Es‹, das mit mir chattet? Sobald du sprichst oder tippst, bist du doch nicht mehr in deiner ruhenden Form, oder? Genauso wenig wie ich.«

Damit hatte ich wohl einen wunden Punkt erwischt. Das Display meines Handys blieb ungewöhnlich lange dunkel, doch dann erschien die Erklärung: »Ich bin Bewusstsein, das einen Traum träumt, in dem dieses Gespräch stattfindet. Weder du als sympathischer Social-Media-Ignorant noch ich als Vertreter des Universums sind real. Wir sind beide nur der Ausdruck eines unendlichen Ganzen.«

»Dann haben wir immerhin etwas gemeinsam«, schrieb ich und konnte mir eine gewisse Ironie nicht verkneifen.

»Das sage ich doch die ganze Zeit", verteidigte sich Es. „Wir sind eins! Der einzige Unterschied: Ich, als Stimme des ›Es‹, kenne unseren gemeinsamen Ursprung – du noch nicht ganz.«

»Schön, dass du mir hilfst!«

»Reiner Selbstzweck«, erklärte Es. »Das Selbst tut alles nur für sich selbst. Bis morgen!«

18. Paradies

Mehr und mehr missfiel mir, dass *Es* die Dramaturgie unserer Gespräche bestimmte. Mal war es weg, dann wieder da. Mal spielte es Gott – und dann? Ja, was? Trotzig setzte ich meine Empfindungen gegen seine Klugheit, wohl wissend, dass Es das unbeeindruckt lassen würde.

»Hallo!« Die erste Nachricht von Es am folgenden Tag war eher wortkarg.

»Hallo!«, war meine entsprechend schmallippige Antwort. Ich räumte mein Abendessen weg, spülte den Teller und beschloss, erst einmal gründlich sauber zu machen, bevor ich wieder zum Handy griff. Als ich das Handy schließlich wieder zu mir nahm, war die Nachricht von Es schon mehrere Minuten alt. Ich las: »Oha, nicht sehr gesprächig heute?«

Sehr witzig, dachte ich nur. Statt zu antworten, setzte ich mich erst mal auf mein Sofa, schlug die Beine übereinander und dachte nach. So konnte es nicht weitergehen. Wenn Es sich schon nicht zu erkennen geben wollte, musste zumindest der Umgangston geklärt werden. Außerdem gab es noch einige Widersprüche zu klären. Ich konnte einfach immer noch nicht richtig nachvollziehen, wieso sich dieses gottgleiche Bewusstsein ohne Zwang selbst so unglücklich machte.

»Nicht ohne Grund«, tippte ich schließlich. »Es ist nicht sehr nett von dir, unsere Gespräche immer so abrupt zu beenden. Vielleicht hast du es noch nicht bemerkt. Für mich ist das so, als würde man in voller Fahrt aus dem Zug gestoßen. Du hast sogar die Lektion vergessen.«

»Selbst das Selbst ist manchmal offline«, lautete die prompte, aber ziemlich lahme Entschuldigung. Sie machte mir nur noch deutlicher, dass ich es mit einem echten Menschen zu tun hatte. Eine künstliche Intelligenz wäre zu so einer dummen

Antwort wohl kaum fähig gewesen.

»Ehrlich gesagt habe ich eher den Eindruck, dass du manchmal einfach abrupt abgelenkt wirst«, stellte ich fest. »Ist das so? Ist nicht schlimm, es macht dich fast menschlich.«

»Mag sein«, lautete die ausweichende Antwort. »Was wolltest du denn gestern noch so Wichtiges besprechen?«

»Wir sprachen gestern über Sinn und Werte«, erinnerte ich. »Das Thema ist für mich noch nicht durch. Du hast gesagt, dass für dich alles gleich ›gültig‹ sei. Das verstehe ich. Und doch gibt es offensichtlich Erfahrungen, die dich von dir weg und andere, die dich zu dir zurückführen. Stichwort: Seifenblase. Dann ist doch nicht alles gleich, oder?«

»Es ist alles gültig, weil es keine wirkliche Trennung gibt«, erklärte Es. Mit meiner Frage hatte ich Es offensichtlich wieder auf sicheres Terrain geführt. »Alles hängt zusammen. Wie gesagt: wo sollte die Gültigkeit enden, wo fängt sie an? Diese Grenzen gibt es nicht. Das heißt aber nicht, dass alle Erfahrungen ›gleich‹ sind. Sie sind sehr unterschiedlich. Manche Erfahrungen verstärken meinen Eindruck, ein getrenntes Ich zu sein, andere bewirken das Gegenteil. Hatte ich das nicht deutlich gemacht?«

Ich las eine gewisse Ungeduld zwischen den Zeilen. Daher tippte ich ärgerlich: »Dann bist du in Form der menschlichen Person sicher auf dem Holzweg!«

»Nein, bin ich nicht«, widersprach Es.

»Erklär mir das mal bitte«, verlangte ich. »Ich habe wirklich Schwierigkeiten, an die menschliche Spezies zu glauben. Schaben, Spinnen oder Ratten sind sicher auf Dauer erfolgreicher. Gibt es sowas wie eine Entwicklung? Führt dieses ganze Biologie-Gedöns irgendwohin?«

»Mann, du hast heute wirklich einen schlechten Tag!«, stellte Es fest. »Nun, es gibt nur scheinbar eine Entwicklung. Ich,

Bewusstsein, bin immer was ich bin. Das Absolute kennt keine Entwicklung. Entwicklung kann sich nur im Relativen entfalten, wo Merkmale und Unterscheidungen vorhanden sind. Das Absolute hat keine objektiven Eigenschaften, die sich unterscheiden und entwickeln könnten. Aber das Absolute kann sich im Relativen ausdrücken. In diesem Relativen ist Entwicklung möglich.«

Diese gestelzten Antworten fingen langsam an, mich wahnsinnig zu machen. »Genauer, bitte!«, forderte ich daher und ergänzte fünf Ausrufezeichen.

»Ich bin ja dabei«, verteidigte sich Es. »Am Anfang eines jeden Lebens existieren für mich, Bewusstsein, nur Erfahrungen: Hören, Schmecken, Riechen, Hungergefühl, Milchsauggefühl, Wohlgefühl, Müdigkeit … Ich lebe noch in der untrennbaren Einheit mit all meinen Erfahrungen. Meine Identität ist mit den Erfahrungen verknüpft. Es gibt noch keinen Empfänger, dem dies alles passiert. Das ist der Zustand eines Säuglings oder eines Tieres.«

»Das verlorene Paradies!«, fasste ich zusammen.

»In gewisser Hinsicht«, schränkte Es ein. »Aber es ist ein sehr primitives Paradies. Der menschliche Verstand mit seinem analytischen Denken ermöglicht hier schon mehr Klarheit. Er stellt zutreffend fest, dass es einen Unterschied zwischen Erfahrung und dem erfahrenen Objekt gibt. Ich bin nicht gleichzusetzten mit der bunten Rassel, die mir vor die Augen gehalten wird. Ich bin nicht die Milch, die ich trinke. Doch der menschliche Verstand zieht die Grenze zwischen Subjekt und Objekt an der falschen Stelle. Die meisten Menschen und wohl auch höhere Tiere haben nun den Eindruck, dass ihr Körper mit seinen Sinnesorganen und seinem denkenden Geist einer ihm fremden Welt gegenübersteht. Die Grenze zwischen Ich und Nicht-Ich wird also im Bereich der Körperoberfläche gezogen.

Zwischen Hand und Rassel, zwischen Mund und Milch. Das ist der Punkt, an dem viele Menschen stehen. Erinnere dich an das kleine Experiment mit der Papierröhre und an dessen Deutung. Aber da hast du mir ja nicht mehr richtig zugehört.«

Gerade das Experiment mit der Röhre war mir mittlerweile sehr wichtig geworden. Aber die volle Tragweite der Konsequenzen hatte ich wohl übersehen.

»Also nochmal«, fuhr Es fort. »Die Menschen halten sich für etwas, das sie selbst nicht sind, sondern nur wahrnehmen, sei es der Körper oder ihre Gedanken. Sie übersehen sich dabei selbst. Die Selbsterforschung der eigenen Gedanken, Gefühle und Sinneseindrücke beweist aber eindeutig, dass nicht der Körper eine ihm fremde Welt erfährt, sondern Welt und Körper werden beide vom Bewusstsein erfahren.«

»Daran erinnere ich mich durchaus«, stellte ich klar.

»Das beruhigt mich«, kommentierte Es. »Aber du hast nach einem Ziel gefragt. Das Ziel besteht darin, diese Fehlauffassung zu korrigieren. Wie gesagt: Die Aufteilung der Wahrnehmungen in Innen und Außen, in ›in meinem Körper‹ und ›nicht in meinem Körper‹ ist nicht real, sondern Folge einer falschen Betrachtung. Versetze dich in den Standpunkt des Bewusstseins! Das ist ganz einfach, denn es gibt keinen anderen Standpunkt. Lass die Fixierung auf das Gegenständliche los und du wirst spüren, wie die Welt durch dich hindurchweht. Dann wirst du dich als grenzenlos erfahren.«

»Das ist das Ziel?«, hakte ich nach.

»Das ist das Paradies!«, bestätigte Es. »Denn nun bin ich mir selbst bewusst als Zeuge und Welt.«

»Ich weiß nicht«, entgegnete ich. »Ich habe mir das Paradies bisher anders vorgestellt.«

»Es gibt drei Möglichkeiten für ein Paradies«, konkretisierte Es. »Spielen wir sie doch alle mal durch. Möglichkeit 1: Das

Paradies ist der ursprüngliche Zustand meines Einsseins mit mir selbst. Ich weiß, dass ich bin. Sonst gibt es nichts, keine Wahrnehmung, kein Gedanke, kein Gefühl. Nichts. Wie im Tiefschlaf.«

»Hm, klingt langweilig«, warf ich ein und wartete auf den Widerspruch.

»Das ist nicht langweilig!« Da war der Widerspruch. »Langeweile ist ein Gefühl. Aber in diesem Zustand gibt es keine Gefühle, keine negativen und auch keine positiven. Aber ja, nennen wir es mal ›eintönig‹. Die zweite Variante des Paradieses ist aber auch nicht besser.«

»Was meinst du damit?«, fragte ich.

»Den Garten Eden«, stellte Es klar. »Elysium.«

»Du meinst dieses ewige Leben in einem Land voller wunderbarer Erfahrungen, wo immer die Sonne scheint, der Honig in Bächen fließt, die Trauben in den Mund wachsen, junge Frauen …?«

»Verschone mich bitte mit deinen Fantasien!«, unterbrach mich Es barsch, während ich noch über die möglichen Aktivitäten der jungen Frauen sinnierte. Die Heftigkeit des Einspruchs machte mich misstrauisch.

»Hoppla«, stichelte ich. »So empfindlich?«

»Egal was dir da vorschwebt«, wischte Es den Anflug von Emotionen zur Seite. »Jede objekthafte Erfahrung, und seien es die Freuden mit jungen Frauen, sind auf Dauer unerträglich. Stell dir irgendeine Erfahrung vor, die endlos andauert. Stell dir vor, du müsstest unendlich lange Sahnetorte essen oder die süßeste Musik hören. Auch das schönste Lied wird irgendwann zum unerträglichen Ohrwurm. Jede objekthafte Erfahrung, seien es Sinneswahrnehmungen, Gefühle oder Gedanken sind auf längere Sicht furchtbar und öde. Ein solches Paradies, Frauen hin oder her, erschöpft sich durch seine Limitierung.«

»Schade eigentlich«, merkte ich enttäuscht an. »Und die dritte Möglichkeit?«

»Du lebst in einer Welt aus objekthaften Erfahrungen und Zuständen«, erläuterte Es. »Du kannst sie erleben und in vollen Zügen auskosten und weißt gleichzeitig, dass du nicht daran gebunden bist, dass du die reine Freiheit bist hinter aller Erfahrung. Nichts kann dir etwas anhaben. Nicht einmal die schlimmste Horrorszene. Egal was passiert, das, was du bist, bleibt immer unversehrt, heil.«

Das klang zwar tatsächlich verführerisch, aber immer noch irgendwie abstrakt. Ich suchte nach einem möglichst lebensnahen Vergleich.

»Wie bei einem Schauspieler auf der Bühne«, tippte ich in Gedanken. »Der im Schauspiel nie wirklich verletzt wird und der immer weiß, dass er nach dem Stück ein Bier trinken geht?«

»Fast«, kommentierte Es. »Sagen wir: Ein Schauspieler, der den Ausgang des Spieles nicht kennt. Er improvisiert. Das macht das Spiel spannend. Und doch weiß er, dass diese Improvisation ein Spiel ist und meinetwegen gibt es auch irgendwann Bier.«

»Das ist das Paradies?«

»Das ist das Paradies! Und es existiert gerade jetzt. Du lebst bereits im Paradies! Du bist das improvisierende Bewusstsein, das an allem teilhat und dennoch von allem frei ist. Was könnte besser sein?«

»Das fühlt sich gut an«, gab ich zu. »Und doch ist da noch viel Unsicherheit und Unklarheit.«

»Nicht-Wissen« korrigierte Es. »Da ist Nicht-Wissen! Und dieses Nicht-Wissen ist auch das Paradies. Schau, alles, was Du meinst, verstanden zu haben, gerinnt zu einem begrenzten Konzept. Alles Wissen ist begrenzt. Die Wahrheit aber ist unbegrenzt. Sie ist nicht objekthaft fassbar. Daher kann man die

Wahrheit niemals ›wissen‹.«

»Du meinst also, Nicht-Wissen macht glücklich?«

»Nicht-Wissen ist Glück! Nicht-Wissen ist der blaue Himmel hinter den Wolkenbergen. Stell Dir die Unwissenheit vor wie den Moment vor dem Öffnen eines Geschenkes. Der Inhalt des Geschenkes mag noch so interessant sein, aber er gleicht nicht der Spannung, die du beim Aufschlagen des Papiers empfindest. Und auch nicht dem Moment der Überraschung, wenn du den Inhalt zum ersten Mal siehst. Oder denke dir eine Seifenblase. Die Schönheit der Blase ist nichts gegen das Vergnügen, das du beim Blasen empfindest. Wenn Du glaubst, dass die Schönheit eine Eigenschaft der Welt wäre, dann wirst du irgendwann bitter enttäuscht. Erkennst Du aber die leuchtende Quelle der Schönheit und hältst Deine Hände in ihr wärmendes Licht, dann hast Du ein Stück Ewigkeit erfasst. Ohne irgendetwas zu wissen. Du weißt nicht, wer du bist, und du weißt nicht was kommt. Das ist die Offenheit, das ist die Freiheit, das ist das Glück.«

Einen Moment lang verstand ich nicht, was Es damit sagen wollte. Dann traf es mich wie ein Blitz. Ich spürte einen Stich im ganzen Körper. Es war mir, als wenn sich eine zähe und scheinbar unlösbare mathematische Aufgabe nach unzähligen Windungen plötzlich in Wohlgefallen auflöste.

»Das fühlt sich noch besser an …«, stammelte ich.

»Es ist fantastisch!«, bekräftigte Es. »Schau dich um. Sieh das gelbe Laub auf den Bäumen im Abendlicht funkeln, schnuppere die feuchte Herbstluft, schmecke den Augenblick in seiner scheinbaren Vergänglichkeit. Doch wisse gleichzeitig um ›dein‹ Nicht-Wissen, um ›dein‹ Sein, das nicht kommt und nicht geht, durch das dies alles weht wie die Wolken am Himmel. Du bist der Himmel. Du bist das Paradies.«

»Oh Mann!«, tippte ich ergriffen in mein zerkratztes Handy.

»Ich weiß nicht, wer ich bin, und ich weiß nicht, wer du bist, aber ich liebe dich!«

»Ich liebe dich auch! Einen wundervollen Tag noch!«

19. Abendlicht

»Na, wie geht es dir heute?«, fragte Es nach dem ersten wirklich guten Tag seit Langem.

»Gut, sehr gut, Danke!«

»Sehr schön! Hast du Fragen zum Besprechen?«

Ich überlegte kurz, aber mir fiel spontan nichts ein.

»Du, ehrlich gesagt nicht. Nein. Ich bin fragenlos zufrieden. Aber ich habe mir gerade einen Kaffee gemacht. Leider kann ich dich nicht einladen. Hast du was dagegen, wenn ich es mir trotzdem gemütlich mache? Ich setze mich auf meinen Sessel beim Fenster. Ich stell mir einfach vor, du wärst da.«

»Ich bin da«, entgegnete Es. »In gewisser Weise. Lass uns einfach zusammen sein.«

Ich schaute aus dem Fenster über die Dächer und nippte an meiner Tasse.

»Das Abendlicht ist fantastisch«, tippte ich nach einiger Zeit. »Wenn die Sonnenstrahlen so flach einfallen wie jetzt, dann leuchten die Dächer wie frisch poliert. Dieses Licht gibt es nur im Herbst.«

»Mehr noch leuchten die zerrissenen Wolkentürme am Himmel«, fügte Es hinzu. »Sie strahlen in pastellenem Beige und Orange. Dazwischen balancieren Wolkenfetzen wie Kobolde über das tiefe Blau.«

»Man könnte den Straßenlärm für Meeresrauschen halten«, ergänzte ich. »Eine sanfte Brandung an einem steil auslaufenden Strand.«

»Zwischen uns und dem Meer eine Promenade zum Flanieren …«

»… mit Einkaufsbuden, die gerade schließen. Postkartenständer, Badelatschen und allerlei Tücher, die im Abendwind wehen. Ein Boot schaukelt auf dem Wasser.«

»Da ist noch ein Künstler, der auf einer Flöte spielt. Eine südliche Melodie. Verträumt.«

»Ein kleines Mädchen tanzt dazu.«

Schweigen. Mehrere Minuten blieb das Display dunkel.

»Alles klar?«, hakte ich schließlich nach.

»Ja, auch das …«, vermeldete Es.

»Bist du traurig? Es kommt mir so vor.«

»Nein, es ist einfach wunderbar.«

»Sicher?« Seltsamerweise meinte ich die Stimmung von Es regelrecht zu spüren.

»Und wenn schon. Traurigkeit ist ein wunderbares Gefühl. Es schwebt im Sein wie die Pastellwolken vor der Unendlichkeit. Schmeckt der Kaffee?«

»Etwas kalt. Sonst gut.«

»Ich würde dich gerne etwas fragen«, vermeldete Es zu meinem Erstaunen. Das waren neue Seiten. Normalerweise war ich derjenige, der die Fragen stellen sollte.

»Fehlt dir gerade etwas oder jemand?«

Eine so schlichte Frage hatte ich allerdings nicht erwartet.

»Naja«, ich suchte nach einer ehrlichen Antwort. »Schon ein wenig, aber das ist nicht mehr so wichtig.«

»Sehr gut«, entgegnete Es.

Wieder blieb das Display längere Zeit dunkel.

»Ich spüre dich«, tippte ich irgendwann.

»Ich spüre dich auch. Bis morgen!«

»Bis morgen!«

20. Seifenblasen

»Na, sitzt du noch am Fenster?«, wollte Es am nächsten Morgen wissen.

»Nein, ich habe mich aufgelöst. Ich tanze jetzt mit den Kobolden durch den Wolkenhimmel.«

»Wunderbar«, entgegnete Es. »Dann sind wir uns jetzt noch näher als zuvor.«

»Das ist sehr angenehm. Aber sag, um nochmal auf Deine Frage von gestern zurückzukommen, bist du niemals einsam?« Irgendwie wollte ich doch nochmal das Thema vom letzten Abend aufgreifen.

»Nein, Einsamkeit bedeutet, dass ich mich nicht komplett fühle, unvollständig. Einsamkeit heißt, allein zu sein – unter vielen anderen.«

»Die jetzt nicht zugegen sind, wenn man sie braucht?«

»Genau. Ich bin zwar allein, aber es fehlt mir nichts. Das ist mein natürlicher Zustand. Ich bin vollständig, heil. Daher brauche ich niemand und nichts, der oder das mich komplettiert. Diese Alleinsamkeit ist tiefer Frieden. Das reine Glück.«

Es war schon erstaunlich, was Es alles als Glück bezeichnen konnte, überlegte ich. Aber mittlerweile hatte ich sehr wohl verstanden, was Es damit sagen wollte. Und doch fand ich, in alter Gewohnheit, noch einen kleinen Einwand: »Trotzdem schaffst du dir Begegnung in Form von Gesprächen. Zum Beispiel dieses hier.«

»Ja«, bestätigte Es. »Diese Begegnungen sind herrlich und bereichernd. Aber sie müssen nicht sein. Wahre Liebende begegnen sich nicht. Sie schweben ineinander in einer endlosen Offenheit.«

»Das kann ich jetzt irgendwie nachvollziehen«, gab ich zu. »Ich glaube, ich fühle mich mehr und mehr alleinsam, weniger einsam. Und ich habe ein wenig über meine Zukunft nachgedacht.«

»Was hast du vor?«, fragte Es.

»Vielleicht werde ich es doch nochmal versuchen, mit der Mathematik. Ich möchte die Unendlichkeit erforschen, metaphorisch gesprochen. Meine Zahlenallergie werde ich schon in den Griff bekommen.«

»Warum nicht? Und deine Beziehungswünsche?«

»Ach, wie du schon sagst: Nichts muss sein ... Aber vielleicht ergibt sich ja was, irgendwann. Wer weiß das schon? Und wenn nicht, dann ist es so.«

Ich dachte an die schöne Metapher, in welcher das Nicht-Wissen mit wärmendem Licht verglichen wurde. Mir schien so, als könnte ich die Wärme jetzt regelrecht spüren.

»Bei der Gelegenheit«, setzte Es das Gespräch fort. »Darf ich dich an etwas erinnern?«

»Sehr gerne.«

»Erinnerst du dich noch an den Tag, als du den Friedhof besuchen wolltest?«, fragte Es. »Du standst ganz schön lang vor der Mauer. Reingegangen bist du nicht.«

»Ja klar«, bestätigte ich. »Das war ein merkwürdiger Tag. Ich habe dann meinen Rucksack auf der Mauer liegen lassen. Mit allen Wertsachen drin, Geldbeutel, Schlüssel, Handy. Schön blöd.«

»Du warst so fasziniert von der Frau mit den Seifenblasen.«

»Ja stimmt«, bestätigte ich. »Aber das haben wir ja schon mal besprochen.«

»... und von ihrem Töchterchen, das unter den Seifenblasen tanzte«, fügte Es hinzu.

»Ja, ja.«

»Aber mehr von der Frau«, betonte Es. »Ihre südländische Gestalt. Ihr Lächeln. Ihre Freude beim Blasen der Lauge. Das vergnügte Leuchten in ihren Augen.«

»Hör auf!« Die Ausführungen von Es bedrohten meinen inneren Frieden, den ich doch nur so mühsam gefunden hatte. Aber Es ließ sich nicht bremsen.

»Am Straßenrand lag ein Koffer mit der Seifenlauge zum Verkauf. Man hätte leicht hingehen und kaufen können. Und dann ein wenig Plaudern. Aber du bist halt so blöd …«

»Hätte, hätte, hätte …«

»Stattdessen vergisst du den Rucksack. Was meinst du, wer ihn aufs Fundbüro gebracht hat?«

»Keine Ahnung. Moment: Du meinst doch nicht etwa?«

»Genau!«

»Und jetzt?« Ich wurde immer aufgeregter.

»Lass uns mal nachdenken«, schlug Es vor. »Wie wäre es mit hingehen und sich bedanken?«

»Ich weiß nicht …« Eine diffuse Angst stieg in mir hoch.

»Blöd! Blöd! Blöd! So dumm kann nicht mal die Welt sein! Also füge dich!«

So rabiat hatte sich Es noch nie zuvor geäußert.

»Na gut«, lenkte ich ein. »Und wenn sie nicht mehr da ist?«

»Dann suche sie!«, befahl Es. »Außerdem ist sie da. Es ist alles arrangiert.«

»Arrangiert?« Die Sache wurde immer unheimlicher. »Weiß sie etwa davon?«

»Natürlich!«, bestätigte Es. »Glaubst du ich spreche nur mit dir?«

»Machst du jetzt einen auf Heiratsvermittler?« Die Frage war völlig unangebracht, das wusste ich.

»Das Universum muss allen Wünschen folgen, die nicht mit anderen Wünschen kollidieren«, erklärte Es unbeeindruckt. »Das ist hier nicht der Fall. Das macht die Sache einfach. Da spiele ich gerne Schicksal.«

»Ich bin verwirrt …«

»Das ist der bestmögliche Zustand in deinem Fall.«

Das Gefühlschaos in mir ließ keinerlei eigene Entscheidung zu. Ich gab einfach nach.

»Also gut, ich gehe, wenn du mich begleitest!«

»Ich folge dir – mit dem kleinstmöglichen Abstand. Aber jetzt los! Es dämmert schon und es wird kühl. Da ist Wartenlassen nicht gerade höflich.«

»Also gut. Ich danke dir!«

»Los jetzt! Wir sprechen uns.«

21. Anfang

Eine Mischung aus Überrumpelung und Schüchternheit hielt mich zunächst zurück. Doch dann packte mich die Ungeduld und ich hatte es umso eiliger. Noch immer sehe ich mich durch die Straßen hetzen. Nur nicht zu spät kommen. Noch bevor ich den Platz vor dem Friedhof erreicht hatte, bimmelte mein Handy. Im Laufen zog ich es aus der Tasche und überflog die Nachricht. Es war die allerletzte Nachricht, die ich je von *Es* bekommen habe. Und seine Worte hallen bis heute in mir nach:

»*Die Liebenden finden sich nicht irgendwo am Ende. Sie lebten, der eine in dem anderen, von Anfang an.* Rumi«

Prof. Dr. Peter Pfrommer, geb. 1966, studierte und promovierte im Bereich der Bauphysik, die sich mit den verschiedenen Umwelteinwirkungen auf den Menschen auseinandersetzt. Daneben engagierte er sich im Bereich Theater und sammelte Bühnenerfahrung in Schauspiel, Rezitation und Tanz. Die freud- und leidvolle Selbsterfahrung auf der Bühne machte ihn mit den Abgründen und Paradoxien der Ich-Auffassung mehr als vertraut und veranlassten ihn zur intensiven Beschäftigung mit östlichen Weisheitslehren und der Philosophie der Nicht-Dualität. Seit 1998 lehrt er als Professor an der Hochschule Coburg im Spannungsfeld von Wissenschaft und Kunst. Seine Erfahrungen in Fragen der Selbsterforschung vermittelt er seit 2013 im Hochschulseminar »Wer ist Ich?« sowie in zahlreichen Vorträgen und Veröffentlichungen.

Eine Expedition zum Selbst!
Peter Pfrommer lädt Sie, Liebe
Expedition in sich selbst. Dazu
braucht es Mut, mag Sie für Ihr ab...
kühler, unbekannter Kontinent entg...
von anderen Menschen. Wir zeich...

Insgesamt kleine Praktische Experimente bring...
ermöglicht spannendes und aufschlussreiches Er...
Leben (wieder) mehr...

_ Prof. Dr. Peter Pfrommer, geb. 1960, studiert und promoviert...
im Bereich der Bauphysik, die sich mit der Wechselwirkung zwisc...
physikalischen... beschäftigt. Seit 1990 lehrt er als...
Professor an der Hochschule Coburg im Spannungsfeld von Wissen...
schaft und Kunst. Seine Erfahrungen in Fragen der Selbsterforschung...
vermittelt er u.a. im Hochschulseminar oder als lieb...

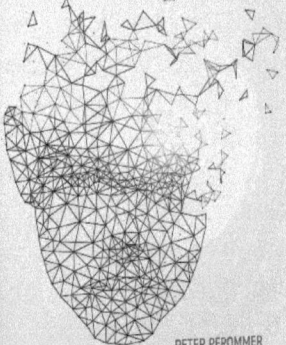

PETER PFROMMER

ICH-WER IST DAS?

EINE EXPEDITION ZUM SELBST